シギント収集の傍受アンテナ
ヘッドセット
ヘルメット・ライト
GPSモジュール
デュアルPTTスイッチ
ハイドレーション・パイプ
デジタル無線機
ブレード・アンテナ
7インチ タフパッド
JTWS仕様の
バックパック
タブレット型情報端末
ファスト・マグ（MP7）
デジタル無線機
ファスト・マグ（H&K416）
パワー・マネージャー
H&K416AS
アサルト・ライフル
ユーティリティー・ポーチ
H&K MP7A1PDW
H&K P46UCPピストル
ケミカル・ライト
SWIRレーザー・ポインター
タクティカル・ナイフ
身長：176cm
■サイレント・コア 阿比留憲 三等陸曹のシギント装備

東シナ海開戦8

超限戦

大石英司

Eiji Oishi

C★NOVELS

口絵・挿画　安田忠幸

目次

プロローグ 13
第一章 休戦日 18
第二章 国家に友なし 41
第三章 革命の闘士 67
第四章 越後屋 91
第五章 ベン・ネビス作戦 116
第六章 ウイングマン 141
第七章 奪還 166
第八章 ブラックアウト 184
エピローグ 194

登場人物紹介

日本

〈特殊部隊サイレント・コア〉

土門康平《どもんこうへい》　陸将補。水陸機動団長。出世したが、元上司と同僚の行動に振り回されている。

〔原田小隊〕

原田拓海《はらだたくみ》　一尉。陸海空三部隊を渡り歩き、土門に一本釣りされ入隊した。今回、記憶が無いまま結婚していた。

畑友之《はたけともゆき》　曹長。分隊長。冬戦教からの復帰組。コードネーム：ファーム。

高山健《たかやまけん》　一曹。分隊長。西方普連からの復帰組。コードネーム：ヘルスケア。

大城雅彦《おおしろまさひこ》　一曹。土門の片腕として活躍。コードネーム：キャッスル。

待田晴郎《まちだはるお》　一曹。地図読みのプロ。コードネーム：ガル。

田口芯太《たぐちしんた》　二曹。部隊随一の狙撃手。コードネーム：リザード。

比嘉博実《ひがひろみ》　三曹。ドンパチ好きのオキナワン。田口の「相方」を自称。コードネーム：ヤンバル。

吾妻大樹《あづまだいき》　三曹。山登りが人生だという。コードネーム：アイガー。

〔姜小隊〕

姜彩夏《かんあやか》　三佐。元は韓国陸軍参謀本部作戦二課に所属。司馬に目をかけられ、日本人と結婚したことで部隊にひっぱられた。

漆原武富《うるしばらたけとみ》　曹長。司馬小隊ナンバー２。コードネーム：バレル。

福留弾《ふくとめだん》　一曹。分隊長。鹿児島県出身で、部隊のまとめ役。コードネーム：チェスト。

井伊翔《いいかける》　一曹。高専出身で部隊のシステム屋。コードネーム：リベット。

水野智雄《みずのともお》　一曹。元体育学校出身のオリンピック強化選手。コードネーム：フィッシュ。

西川新介《にしかわしんすけ》　二曹。種子島出身で、もとは西方普連所属。コードネーム：トッピー。

御堂走馬《みどうそうま》　二曹。元マラソン・ランナー。コードネーム：シューズ。

姉小路実篤《あねこうじさねあつ》　二曹。父親はロシア関係のビジネス界の大物。コードネーム：ボーンズ。

川西雅文《かわにしまさふみ》　三曹。元Ｊリーガー。コードネーム：キック。

由良慎司《ゆらしんじ》　三曹。西部普連から引き抜かれた狙撃兵。コードネーム：ニードル。

小田桐将《おだぎりしょう》　三曹。タガログ語を話せる。コードネーム：ベビーフェイス。

阿比留憲《あびるあきら》　三曹。対馬出身。西方普連から修業にきた。コードネーム：ダック。

赤羽拓真《あかばねたくま》　三曹。フィールドでのゲテモノ食いに長ける。コードネーム：シェフ。

〔訓練小隊〕

甘利宏《あまりひろし》　一曹。元は海自のメディック。生徒隊時代の原田の同期。訓練小隊を率いる。コードネーム：ファアライ。

〔民間軍事会社〕

音無誠次《おとなしせいじ》　土門の元上司。自衛隊退役者からなる民間軍事会社《PMSC》の顧問。〝ヘブン・オン・アース〟内に滞在していた。

〔水陸機動団〕

司馬光《しばひかる》　一佐。水陸機動団教官。引き取って育てた娘に店をもたせるため、台湾にいたが……。

松尾捷《まつおしょう》　陸将補。団司令部の本部管理中隊と、第一陣の第一水陸機動連隊第二中隊を率いて魚釣島上陸作戦の指揮を執る。

畠山惣一郎《はたけやまそういちろう》　一佐。松尾陸将補率いる部隊のナンバー３。

白馬剛《はくばごう》　一佐。第一機動連隊連隊長。

神田忠司《かんだちゅうじ》　三佐。第一中隊長。空挺出身。

難波武次郎《なんばたけじろう》　准尉。最先任上級曹長。

富坂俊郎《とみさかとしろう》　三尉。空挺出身。団司令部付きだったが、魚釣島に派遣された。

〈航空自衛隊〉

丸山琢己《まるやまたくみ》　空将。航空総隊司令官。

永瀬豊《ながせゆたか》　二佐。原田が所沢の防衛医大付属病院で世話になった医師。防衛医大卒で陸上自衛隊のレンジャー・バッジを持っている変わり者。

三宅隆敏《みやけたかとし》　三佐。予備自衛官。五藤彬の恩師。

（総隊司令部）

羽布峯光《はぶみねみつ》　一佐。総隊司令部運用課別班班長。

喜多川《きたがわ》・キャサリン・瑛子《えいこ》　二佐。情報将校。横田出身で、父親はイラクで戦死したアメリカの空軍将校。

五十嵐洋《いがらしひろし》　二佐。陸上総隊運用部所属。ウイングマークの持ち主のヘリ屋。

新庄藍《しんじょうあい》　一尉。父親は防府の鬼教官だった。ＴＡＣネーム：ウィッチ。

（警戒航空団）

戸河啓子《とがわけいこ》　二佐。飛行警戒管制群副司令。ウイングマークをもつ。

（第六〇二飛行隊）

内村泰治《うちむらたいじ》　三佐。第六〇二飛行隊副隊長。イーグル・ドライバー上がり。

（第三〇七臨時飛行隊）

日高正章《ひだかまさあき》　二佐。飛行隊長。

〈海上自衛隊〉

佐伯昌明《さえきまさあき》　元海上幕僚長。太平洋相互協力信頼醸成措置会議《CICPO》の、日本側代表団を率いていたが、バイオ・テロによる感染症で死亡。

河畑由孝《かわはたゆたか》　海将補。第一航空群司令。

下園茂喜《しもぞのしげき》　一佐。首席幕僚。

伊勢崎将《いせざきたもつ》　一佐。第一航空隊司令。

（第一護衛隊群）

國島俊治《くにしましゅんじ》　海将補。第一護衛隊群司令。

梅原徳宏《うめはらとくひろ》　一佐。首席幕僚。

（航空集団）

樋上幸太《ひのうえこうた》　二佐。Ｐ－１乗り。前職は鹿屋の第一航空隊幕僚。航空隊総司令部のエイビス・ルームに参加。

〈内閣〉

阿相士郎《あそうしろう》　総理大臣。

〈外務省〉

片倉宗一郎《かたくらそういちろう》　外務審議官。サイレント・コアの内部事情にも明るい。

九条寛《くじょうひろし》　外務省・総合外交政策局・安全保障政策課係長。〝ヘブン・オン・アース〟日本側の事務方トップ。

〈防衛省〉

〔陸幕防衛部〕

牛嶋保夫《うしじまやすお》　陸上幕僚長。陸将。

竹義則《たけよしのり》　二佐。航空隊総司令部のエイビス・ルームに参加。

〔海幕防衛部〕

福原邦彦《ふくはらくにひこ》　二佐。海幕防衛部装備体系課付き。前職は護衛艦の艦長。航空隊総司令部のエイビス・ルームに参加。

〈警察庁〉

柊木尚人《ひいらぎなおと》　警視長。関東管区警察局・サイバー局参与。

灰谷昭雄《はいたにあきお》　元警部。警視庁公安部のベテラン捜査官で、定年退職後、井藤浩のもとで働く。

井藤浩《いとうひろし》　元一佐。工学博士。陸上自衛隊初のサイバー戦部隊を立ち上げた後、民間に転じた。政府のセキュリティ・クリアランスを持つ。

アメリカ

〈空軍〉

オリバー・R・エバンズ　中佐。第18戦闘航空団の作戦参謀兼EXのインストラクター。

エルシー・チャン　少佐。中国系。

中国

〈中南海〉

潘宏大《パンホンタァ》　中央弁公庁副主任。

〈国内安全保衛局〉

秦卓凡《チィンチゥオファン》　二級警督（警部）。

蘇躍《スゥユエ》　警視。許文龍《シユウェンロン》が原因でウルムチ支局に左遷されたと思っていた。

〈科学院武漢病毒研究所〉

馬麗夢《マリーモン》　博士。主任研究員。

〈海軍〉

（総参謀部）

任思遠《レンスユアン》　少将。人民解放軍総参謀部作戦部特殊作戦局局長兼特殊戦司令官。四一四突撃隊を立ち上げた。

黄桐《ホアントン》　大佐。局次長。

（〝蛟竜突撃隊〟）

徐孫童《シュイスントン》　中佐。〝蛟竜突撃隊〟を指揮する。

宋勤《ソンチン》　中佐。元少佐の民間人で、北京大学日本研究センターの研究員だった。任思遠海軍少将に請われ復帰した。

（南海艦隊）

東暁寧《トンシィアオニン》　海軍大将（上将）。南海艦隊司令官。

賀一智《ホヲイーチィ》　海軍少将。艦隊参謀長

万通《ワントン》　大佐。艦隊対潜参謀。

（東海艦隊）

唐東明《タンドンミン》　大将（上将）。東海艦隊司令官。

馬慶林《マチンリン》　大佐。東海艦隊参謀。アメリカのマサチューセッツ工科大学《MIT》でオペレーションズ・リサーチを研究し、博士号を取った。その後、海軍から佐官待遇でのオファがあり、軍に入る。唐東明の秘蔵っ子。

（ＫＪ－600（空警－600））

浩菲《ハオフェイ》　中佐。空警－600のシステムを開発。電子工学の博士号を持つエンジニア。

葉凡《イエファン》　少佐。空警－600機長。搭乗員六人のうちの唯一の男性。

秦怡《チィンイー》　大尉。副操縦士。上海の名門工科大学、同済大学の浩菲の後輩。電子工学の修士号をもつ。

高学兵《カオシュエピン》　中尉。機付き長。浩が関わるずっと前から機体開発に関わっていたベテランエンジニア。

（Ｙ－９Ｘ哨戒機）

鍾桂蘭《チォンクイラン》　少佐。ＡＥＳＡレーダーの専門家で、哨戒機へのＡＥＳＡレーダーの搭載を目指す女性。

（第164海軍陸戦兵旅団）

姚彦《ヤオイェン》　少将。第164海軍陸戦兵旅団を率いる。

万仰東《ワンヤントン》　大佐。旅団参謀長。

雷炎《レイイェン》　大佐。旅団作戦参謀。中佐、兵站指揮官だったが、姚彦が大佐に任命して作戦参謀とした。兵士としては無能だが、作戦を立てさせると有能。

戴一智《タイイーチィ》　中佐。旅団情報参謀。情報担当士官だったが、上官が重体になり旅団情報参謀に任命された。

〈陸軍〉

孔雪麗《コンシュエリー》　中尉。情報部所属。中国の少数民族の一つである京族。

顔誠《イェンチェン》　軍曹（中士）。孔雪麗の部隊ナンバー２。

（日越人材ブリッジ）

ディン・レイ・スエン　代表取締役。京族。

張高遠《ツァンガオユエン》　博士。人民解放軍の極秘研究機関〝Ｓ機関〟所属。〝宅男《オタク》〟の風貌だが、数理データ・サイエンスの若き天才で、ある任務を命じられ寧波海軍飛行場に派遣された。

シンガポール

〈インターポール・反テロ調整室《ＲＴＣＮ》〉

許文龍《シユウェンロン》　警視正。ＲＴＣＮ代表統括官。

メアリー・キスリング　ＲＴＣＮの次長。ＦＢＩから派遣された黒人女性。

柴田幸男《しばたゆきお》　警視正。警察庁から派遣されている。

朴杌浩《パクボムホ》　警視。韓国警察から派遣されている。

イギリス

〈英国対外秘密情報部（ＭＩ６）〉

マリア・ジョンソン　ＭＩ６極東統括官。大君主《オーバーロード》。

東シナ海開戦8　超限戦

プロローグ

タイ航空の成田行きエアバス330型機は、バンコクをようやく午前二時に離陸した。本来なら、その便は、日付けが変わる直前に離陸し、午前八時に成田に到着する予定だったが、東シナ海の戦乱を避けてフィリピンはマニラ方面へと迂回したせいで、更に遅れ、一〇時間を超える長いフライトとなった。

ハノイ‐日本便を筆頭に、東南アジアと日本や韓国を結ぶ便が、戦乱を避けて運休していたため、その便は満席で飛んでいた。

成田空港のボーディング・ブリッジに横付けされた時は、乗客は皆くたくただった。日本人の乗客は少なかったが、彼らが飛んでいる間に日本は政権交代していた。

尖閣諸島で発生した、自衛官の多数死傷事案を受けて、内閣は責任を取って総辞職したということになっていた。もちろん、その〝事案〟なる出来事に関して、国民への詳細な説明は一切無かった。

海外では、当事者である中国や台湾で比較的、自由な報道が流れていたが、日本政府は、いかなるコメントもしなかった。

機体の後部、エコノミー座席に乗っていた、孔《コン》雪麗《シュエリー》・人民解放軍陸軍中尉は、四隅が少しほつれた使い込んだ感じのザックを抱いて機体を降りた。二〇リットルのザックは私物でパンパンに膨れ上がっていた。

彼女らだけ十名ほどが別室に案内され、入国審査官の質問を受けた。全員、東京の、とある旅行代理店の黄色いバッジを胸に付けていた。

五、六人の入国審査官に取り囲まれ、全員がザックから出した技能実習生の関係書類をテーブルに並べ始めた。

上司と思しき初老の男性は、笑顔を絶やさず、

「ええと……、ここで、日本語が一番上手なのは誰かな?」とゆっくりと尋ねた。

集団の先頭にいた孔中尉は、躊躇わずに右手を挙げた。

「でも、少しです」

「まあ、女性は上達が早いよね」

と手招きして、テーブルを挟んで自分の正面に座らせた。

「グェン・ティ・ランさん。貴方の地元、最近、日本企業が、進出してますね? 工場を建てた。そこでは働かないの?」

「はい。機械工場です。募集、二百人。三千人が応募しました」

「まあそうだろうね。日本語はどのくらい勉強しましたか?」

「自分で二年間、ドラマやアニメで。日本語学校で、半年間、勉強しました。一日中」

「そう。とてもお上手だ。書類は問題なし。工場は、危険な仕事だから気をつけて下さい」

そして入国審査官は、突然ベトナム語に切り替えた。そこそこ流ちょうなベトナム語に、孔中尉は一瞬、驚いた顔をした。

「男関係には気をつけなさい。予期しない妊娠で、仕事が出来なくなり、住む場所もビザも失い、日

本国内で逃げ回る羽目になるベトナム人女性が後を絶たない。お金を儲けたいでしょう？」

「もちろんです。気をつけます」

孔中尉《ジーニェン》は、そこでようやくわかった。彼は、自分にではなく、後ろに突っ立って不安そうにしている男たちに警告しているのだ。手を出すなと。

「そう。都会は、ハノイでも東京でも誘惑が多い。どうぞ、目標を定めて、お金を稼いで、無事に帰国して下さい。われわれは、こんな大変な時に来てくれた皆さんを歓迎します！」

審査官は、音を立て勢いよく法務省のスタンプをポンポンと押して、全員を送り出した。

第一関門は無事に突破だ。書類に不備はないし、全員、ネイティブのベトナム語を話す。むしろ、彼女らにとっては、中国公用語の方が外国語に近い。

空港を出ると、代理店の旗を持った中年女性が待ち構えていた。迎えの観光バスに乗り込んだ。

「運転手は気にしなくて良いわ。彼は北京語とベトナム語の違いもわからないから」

だが、念のため、全員、バスの後ろの方に腰を下ろした。

「問題は無かったわね？」

と派手なネックレスをした女性は、ベトナム標準語で孔中尉に尋ねた。

「ええ。飛行機は大変でしたけれど」

「私なんて、朝の六時からここで待っていたのよ」

「こっち、あそこ、とは反対側ですよね？」

「それは気にしなくて良いわ。電車で何処へでも行ける。車も別途確保してあるから。貴方たちには早く、この街に馴染んでほしいわ」

バスが都心部に近づくと、若い男性兵士が、「高層ビルとか少ないなぁ……」と呟いた。

「ある所にはあるけれど、上海のようにはいかないわね。この国は、三〇年不景気が続いて、今や先進国とも言えないほど落ちぶれたから。貴方たちが覚えた日本語は、この戦争が終わったら、もう使い道もないでしょう。ただ日本は屈服し、私たちは、日本という存在自体を忘れ、無視して世界を征服する――」

孔中尉は、ごくりと生唾を飲んだ。その偉大な作戦の尖兵として、自分らはこの国に潜入したのだ。命じられた作戦を、忠実に、完璧にやり遂げなければならなかった。

人民解放軍による東沙島奇襲攻撃に端を発した極東の騒乱は、尖閣諸島の争奪戦へと発展し、その攻防はすでに発端から十一日目、尖閣に解放軍正規軍部隊が上陸してから五日目を迎えていた。

この間、魚釣島に部隊を上陸させた台湾軍の戦果発表や、解放軍のプロパガンダがあったものの、日本国内では、もっぱらシージャックされた豪華客船の動きに報道が集中し、国内では、尖閣諸島を巡る情報は、インターネット上にしか存在しなかった。

すでに数千発のミサイルや無人機が飛び交う事態に発展していたが、それを報じることによって、日中の戦乱を拡大させてよいのか？　という政府の警告をマス・メディアは受け入れ、それを積極的に報じる所はなかった。

ところが、ようやく腹をくくった政府が、陸上自衛隊・水陸機動団の第一波を魚釣島に上陸させようとしたところ、反撃を喰らい、一挙に七〇名にも達する戦死者を出してしまった。さらに、水機団指揮官を乗せたエア・クッション艇が解放軍に拿捕《だほ》されるというおまけまで付いた。

日本政府は、未だに起こった事態の詳細を公表することはなかったが、事態の責任を取るとして総辞職した。

昨日まで、戦略的忍耐をモットーに、限られた部隊でどうにか孤島の戦線を支えていたが、それも限界に達しつつあった。

第一章　休戦日

第一空挺団・第四〇三本部管理中隊、その実、特殊部隊サイレント・コアを率いる土門康平《どもんこうへい》陸将補は、魚釣島西端の僅かな空き地で、まだ放熱しているオスプレイの残骸の前に立っていた。

飛行機としての原形はすでに留めていない。両翼のエンジンは何処かに吹き飛び、胴体は、まるで腹が割けて腸が飛び出した後の魚のように不気味に口を開いている。そしてコクピットは、辛うじてフレームが残るのみだ。

コクピット・シートも、フレームが残るのみ。しかも歪んでいた。パイロットは、そこに座っていたはずだが、すでに骨格も残っていなかった。カーボン製の航空ヘルメットですら焼け落ち、パイロットの遺体がどの程度残っているかもわからない。熱気のせいでそこまで近寄れないのだ。昨日から丸半日、ポンプで海水をかけ続けたが、熱はそこまで酷かった。

撃墜されたわけではない。たまたま、島の反対側から飛んで来た迫撃砲弾が、着地したばかりのオスプレイの胴体を真上から直撃したのだ。

もう一機、離陸途中に殺られ、すぐ沖合に墜落したオスプレイは、幸いと言っては何だが、パイロット・クルーしか乗っていなかった。

だが今、目の前にその残骸を横たえる機体は、

満席状態だった。正確に何人乗っていたかはまだ判然としない。だが、正副パイロットを含めて、確実に二六名は乗っていたはずだった。

そして、上陸直後、散開途中に、迫撃砲弾による攻撃を受けて、三〇名以上が戦死した。負傷者はその二倍以上に上る。二個中隊が上陸を試み、半数は、一発も引き金を引くことなく、戦死するか負傷して、そのまま引き揚げる羽目になった。

全くの偶然なのか、狙ったのか、敵の迫撃砲攻撃と、水機団の上陸はぴったりとタイミングが合っていた。そして、後にわかったことだが、鉄砲の弾もないと思われた敵には、海中から無人潜水艇を使った大規模な補給があったばかりだった。

背後から、足音が忍び寄って来る。

「隊長、いつまでこんな所に突っ立っているんですか？　火傷の跡が悪化しますよ」

一個小隊を率いる原田拓海《はらだたくみ》一尉が呼びかけた。

土門は、このオスプレイが爆発した時、すぐ近くにいたのだ。助ける術も無かった。敵集団が海中から上陸してきて、すぐ銃撃戦になった。銃撃戦というか、一方的な殺戮だった。ほとんどの隊員は、銃にマガジンを装着する暇も無く倒れたのだった。

土門は、手と鼻に火傷を負っていた。

「姜《かん》三佐に部隊を任せるのは早いと思うか？」

「司馬《しば》さんに戻ってきてもらうしかないでしょう。引退して囲碁だの盆栽でも始めますか？」

「そうだな。民間軍事会社の役員に収まって、あの人から毎日いびられるのもまっぴらだしな……」

「こうなってから、もう一日経つ。幸い、敵の攻撃はないが、そろそろ次の手を打ってくることでしょう。部隊を建て直さないと」

「君らがいるから大丈夫だろう。これ、遺骨の回収とかできるのか？」

「回収はできるでしょうが、ここまで焼かれては、DNAの採取も難しい。人定が無理では、それもあまり意味はないですね。せいぜい、機長席と副操縦士席の遺骨の区別が付く程度だ」

「隊員が持っていた手榴弾とかの爆発物は？」

「だいたい燃えたはずです。危険は無いと思いますが。爆風で吹き飛ばされた奴は、装具というか、胴体ごと回収したつもりです。あのピンは簡単には抜けませんから」

「君は平気なのか？」

「自分は、こういう時には、衛生兵としての使命感のスイッチが入るので、PTSDとか考えている余裕はないですね。カウンセリングでも必要ですか？」

「引き揚げたら、どこかの禅寺にでも引きこもって、坊さんの説法でも聞くさ」

「新しい総理というか、再登板の総理は、うちの部隊と因縁があるという話がありますが？……」

「それはなぁ、いささか複雑な話だ。この部隊を立ち上げたのは誰だと思う？」

「あの、名前を口にすると縁起が悪いとかいう、前隊長ではないのですか？」

「その前隊長に、こういう部隊を作れ、ついては、予算はここから持って来いと指図した政治家がいる。それが現総理大臣だ」

「それは変ですね。現総理が政界入りしたのは、確かソヴィエト軍のアフガン侵攻前後のはずです。その頃は、まだ、あの人も尉官で、そんな実力も無かったはずですが」

「そうだ。現総理がそれを、ぺいぺいの一尉だったあの人に命じたのは、たしか十数年前のことだ。総理大臣として命じた」

「は？」

原田は、言っていることがわからないと首を傾げた。

「つまりさ、この問題は、俺の部屋の、例の金庫の案件の一つだ。タイム・パラドックスの一つだ。深く考えるな。部隊は今こうして存在し、国の危機を何度も救ったという事実が大事だ」

「わかりました。考えないことにします。まさかそれ、自分の妻の件と繋がっていないですよね?」

「そうなのか? いやぁ、それは誰にもわからない。ある日、自分のマンションに帰宅したら、見知らぬ中国人女性がキッチンで味噌汁を作っていて、ダーリンお帰り! とか出迎えたら、そらまあ君がタイム・パラドックスに放り込まれたということだよな。悩んでも仕方無いぞ。空飛ぶ円盤の正体を探ろうとしても無駄だ。現代科学で理解出来ないことは、ただ受け入れろ」

土門は、眼をパチパチさせた後に首を項垂《うなだ》れた。

「俺は、この島を去るまで、あと何度ここに足を運ぶんだろうな……」

前日に迫撃砲弾の爆風で吹き飛ばされた指揮所も、今は元通りに復旧されていた。指揮所は、島の南西斜面に、ジャングル・キャノピーを利用して設けられていた。

本来の予定では、彼らは、そこを水機団に譲り、今頃は、習志野に引き揚げて、一週間ぶりに風呂でも入ってベッドの上で寝ているはずだった。

「なあ、ガル。お前さんは何か思うことはあるか?」

土門は、ラックに据え付けられたモニターに一瞥をくれた後、戦場監視システムの管理を一人で引き受ける、ガルこと待田晴郎《まちだはるお》一曹に聞いた。

「七〇人もの仲間が鉄砲の引き金を引く暇もなく戦死したのは、俺が監視任務を完璧に果たせなかったからという話ですか？　悔やんでどうなるものでもない。責任を取るのは士官殿だし。これだけ無人機が発達して、水中無人機《UUV》も開発されているのに、中国がそれを持っていないと想定するのはおかしい。それが海自の監視網をすり抜けて、島に接近することを想定すべきだったとは思いますが、天候不順で頼みのスキャン・イーグルでも下は見えず、接近も回収場面も察知出来なかった。残念ですが、こういうことは今後とも起こりうる。もし、日本に軍法会議があって、われわれが裁かれても、自分も隊長も無罪ですよ。起こったことは不可抗力だった。戦場という霧の中では頻発する現象です。遺族に向かってそんなことは言えないが、それが現実です」

「日本の警察はさ、俺たちを業務上過失致死で逮捕するかも知れないよな？」

「それはありますね。過去に何度か、航空自衛隊の墜落事故を巡って、警察が介入の意思を見せたことはありますから。その時は、仲良く刑務所に入りましょう。それまでは淡々と任務を果たすまでです」

「何かニュースは？」

「ネットのご意見を読む限りでは、永田町の新政権は、国民に概ね好評のようです。客船乗っ取りも片付いたことだし、ここで起こっていることを政府が公表し、いよいよ防衛出動命令を下すのでは？　という憶測が出ているそうです。

　この二四時間、敵に動きはほとんどなし。昨日、水機団司令部ご一行を陸に揚げてお茶した以外の動きは認められません。乗っ取られたエア・クッション艇も動きはなし。水機団長以下、今どこにいるかは不明ですが、こちらの通信システムに関しては、新しい暗号化ＲＯＭが届いたので、もう盗聴の心配はありません。まあ、解放軍は、水機団司令部が持参した無線機を見て驚いたと思いますよ。今時、こんな前世紀の遺物を使っている軍隊がいたのかと。大陸については、疫病の拡大に関する情報は全くありません。五毛党が頑張って、ネットでの書き込みを削除しています。逆に、戦果に関してのプロパガンダは拡大しているようです。解放軍が日本から奪ったのは、イージス艦ではないか？　いやヘリ空母だろう、という大風呂敷な噂が飛び交っています。

台湾側も意気軒昂。自衛隊はヘマをやらかしたが、自分たちが押していることは疑いようがない。このまま支えきれるだろうと。そんなところですね」

「敵は、何をやっているんだろうな？」

「海幕が、無人潜水艇のペイロードを計算して遣《よこ》しました。たぶん、搭載するバッテリーなり燃料を減らせば、五トン前後のペイロードは確保できるはずで、大陸沿岸部から尖閣までの距離を考えると、その程度は陸揚げできたはずだと言っています。敵の戦力はすでに一個中隊残っていたかどうかです。一個小隊当たり、仮に五トンもの補給があったら、中には当然食い物も入っていたことでしょう。昨日は戦果を上げた後の休戦と割り切って、喰って寝て過ごしたんでしょう」

「仮に一隻五トンもの物資なら、陸揚げするにも相当の時間を食うよな？」

「時折、横殴りの雨も降ってましたからねぇ。あの時、天は解放軍に味方していた」

「あれで兵隊を補充した可能性はないのか？」

「海自は無いと見ているそうです。速度が出ないから、航海は二日掛かり。鍛えられたコマンドでも、その間、レギュレーターホースを咥えて呼吸し続けるのは難しいし、人が過ごせるよう水密区画を設置して生命維持装置を組み込むには小さすぎる。コマンド二、三人の移動なら可能かも知れませんが、それも危険でしょう。届けられたのは迫撃砲弾にミサイルに銃弾にドローンにバッテリー、食料に医薬品。受け取った兵隊の数を推定すると、歩兵一人ではとても担げないほどの量です。彼ら、あと三日は余裕で戦えるでしょうね」

「今夜、仕掛けて来ると思うか？」

「あの無人艇が発進したのは三日以上前です。この状況を見越して発進させたとしたら凄いが、それでも、こういう戦いになると備えて発進したとは思えない。自分は、そんなに奇天烈な新兵器が出てくるとは思いません。結局は、オーソドックスな手法で仕掛けてくるしかない。変数としては、敵にはエア・クッション艇と捕虜が加わり、その捕虜は、ここの情報を全部持っていて、われわれは、味方が乗っているだろうエア・クッション艇をおいそれとは攻撃できないことです。やり辛くなったことは事実です」

「日本語を喋った士官は、紳士的だったそうじゃないか。彼らがジュネーブ条約を尊重するなら、戦場に捕虜は置かないだろう。爆撃するのが一番楽だがな……」

「あの総理、警察比例の原則とか無視しそうですからね」

足音が響いて、稜線上に登っていた姜彩夏《かんあやか》三佐が降りて来た。代わって原田が指揮所を出て行く。万一に備えて、士官が一箇所に集まらないよう気をつけていた。

「水機団の増援はどうなっているのですか？」

姜三佐が聞いた。

「さあ、誰が決めるんだろうな。あの惨劇から一昼夜経過したのに、飛んでくるヘリは、ただ負傷者と肉片を拾って帰るだけだ。だいたい無理だろう。また着陸時に迫撃砲を喰らって、墜落でもしようものなら……」

「これ、戦争ですよね。それも侵略者を迎え撃っている」

「だいたい、増援があったらどうする？　稜線沿いと、ジャングル、両方で戦線を構築して攻めるか？」

「正攻法しかないでしょう。犠牲は払うことになるでしょうが？」

「ガル、教えてやれ……」

「はい。少なめに見積もっても、一個小隊以上の犠牲を払うことになります。それで敵を駆逐できるとは思いますが、日本社会が、その犠牲を支持するかどうか……」

「それが嫌なら、爆撃なり艦砲射撃で潰せばいいじゃないですか。警察比例の原則もなにも、犠牲者を出さずに敵を叩き出すには、そうするしかないんですから。あの総理、口調がヤクザな割には、度胸や覚悟は無いんですね」

「滅多なことは言うな。あの人は、若い頃は、九州の炭鉱で荒くれ男どもを仕切っていた人だぞ。喧嘩上等な男だ。たぶん、周囲が押しとどめているんだろう。やれと言われるなら、水機団の増援を待って仕掛ける。政府がもたつくなら、われわれは今後ともここで戦略的忍耐を発揮して持久する。稜線暮らしは飽きたか？」

「ええ。風はあるし、狙撃される心配はあるし、あちこち回っても、『何か用ですか？』と部下に邪険にされるしで」

「原田と交替して良いぞ」

「結構です。あの人、ここで負傷兵の手当と、野戦病院の準備があるでしょう。そもそも、今は海岸線も見張らなきゃならない。われわれだって、立て籠もるための戦力ですら不十分じゃないですか？」

「生き残った水機団本隊を前面に出し、民間軍事会社には、その海岸線の見張りを頼んでいる。台湾軍もいてくれることだし、何とかなるだろう。エア・クッション艇で殴り込んでこられる恐れはあるが……」

「まま、安全なヘリボーンに関しては、ここでも、陸幕でもいろいろ作戦を立てている。次はもっと上手くやりますよ」

と待田が後ろの地図を指し示した。継ぎ接ぎだらけの手書きの鳥瞰図に、あちこちマーカーで×印がしてあった。オスプレイが、着陸はせずとも、後部ハッチから兵を飛び降りさせることが可能なポイントの選定で、稜線上に確保されているゾーンもあった。

増援は、朝一で入るかもと思ったが、部隊にその動きは無かった。数で押せば潰せる相手だが、こちらも無傷というわけにはいかない。政府が、七〇名の犠牲の積み増しを恐れていることは明らかだったが、それは陸幕にしても同様だろうと思われた。

島の反対側、東端に陣取る解放軍の指揮所は、何度かマーベリック・ミサイルの攻撃を受けたせいで、複数箇所を移動しつつ利用していた。そのため、陸自のそれに比べて粗末な作りだった。

常時飛んでいるドローンは存在せず、無線機の電源が入っている他は、パソコンの電源が入っているわけでもなかった。

だが、前々夜の補給と前日の奇襲作戦による戦果で士気は十分に高まった。そのまま夜間に奇襲攻撃を仕掛けても良かったが、仮にエア・クッション艇を利用したとしても、この戦力では、敵を駆逐できる可能性は低かった。

第164海軍陸戦兵旅団を率いて上陸してきた姚《ヤオ》

彦《イエン》少将は、兵達が、「あまりにも改善の余地があり過ぎる」と酷評の栄養ゼリーを食べた後、水を飲んで喉を綺麗にした。これでも、味を付けたというのだから驚きだ。恐らく開発途中の製品をそのまま補給品にしたのだろう。カロリーは十分そうだから贅沢は言えなかった。

丸一日辛抱したことで、破壊された進撃ルート〝長安街〟はようやく再建された。これで真上からドローンに覗かれることなく、それなりの数の兵を島の西へと移動出来る。

兵には、ある程度休息になったはずだ。

日本側は、報復として爆撃や艦砲射撃でも仕掛けてくるかと身構えたが、その気配は無かった。その危険が去ったわけでは無いが、この事態になっても、戦略的忍耐を続けるということだろうと理解した。

〝蛟竜突撃隊〟を率いる宋勤《ソンチン》中佐が、プラスチックで出来たハイキング用の椅子に座り、メモを認《したた》めていた。戦死した部下の遺族への弔辞の下書きだった。

彼は、一個小隊を率いて潜水艦から上陸したが、三分の二のコマンドを失った。もはや組織的な戦闘が出来る状況にはなく、前日の奇襲で全滅も覚悟していたが、作戦は大成功し、戦死者は一人も出なかった。

「中佐、君は、日本の新しい総理大臣のことを知っているんだろう?」

「新しいというか、再登板です。前回は、ちょっとリーマン・ショックの後始末に追われて、保守が下野する時の敗戦処理内閣として登場した。財政は詳しいが、お世辞にも人格者ではありません。態度は日本の政界一横柄で、平気で記者をバカ呼ばわりする。台湾や中国の関係に関して、注目を浴びるような発言をしたことは無かったはずです。

だが、長いこと政権の中にいたので、抜かりはないでしょう。恐らく、中国が対峙することになる、もっとも手強い日本の政治家ベスト3に入るはずです。ベストというか、ワーストというか……」

「だが、この二四時間、報復攻撃があるでなし、水機団の増援もないということは、どう理解すれば良いのだ？」

「まだ、北京との交渉の余地があると思っているのでしょう。昨日の犠牲は、自衛隊にとっても想定外だったはずです。かと言って、爆撃や艦砲射撃でわれわれを全滅させたら、中国との交渉はそれで終わると考えているのでしょう。交渉の窓口を開いておくためにも、報復攻撃はしないという意思表示をしたのだと思いますね」

「作戦参謀も同意するかね？」

　と姚提督は、彼が誰よりその知性を頼りにしている雷炎《レイイエン》大佐に聞いた。

「この釣魚島《ディアオユーダオ》の攻防が始まってすでに五日、東沙島奇襲からはもう一〇日以上にもなる。日本政府は、アメリカ軍の準備と、アメリカの世論が成熟するのを待っているんでしょう。昨日、自分は、あの戦果に小躍りしてしまったが、長期的な視野で見れば、失敗だったかも知れない。やはり自衛隊単独では、この程度の離島も守り切れない、米軍が正面に出るしかないと、アメリカ軍の上層部は思ったはずです。米軍がこんな無人島のために出てくるとは思えないが、後々の台湾攻略を考えると、アメリカ軍のタイムテーブルを早送りする結果になったかも知れない」

「それはあるだろうな。では自衛隊はこのまま引きこもったままか？」

「引きこもっているのはわれわれも同様ですよ」

「少なくとも、補給が入った今は、戦略的戦術的な判断としてここに留まっているだけだ。迂闊に仕掛けて全滅しては、敵の思うつぼだと言ったのは君だぞ?」

「とはいえ、敵を圧倒できるほどの戦力がないことは厳然たる事実です。敵のドローンは今は海岸線も厳しく見張っている。われわれが潜水艇を持っていることは敵に察知されており、エア・クッション艇で仕掛けたら、対戦車ミサイルが飛んで来るだけ」

「自衛隊はこの後も動かないと思うかね?」

「それはあり得ないでしょう。なぜなら自衛隊が動かず、このままにらみ合いで構わないと判断しても、台湾はそうは考えない。自分らで決着を付けると海兵隊を載せたヘリを飛ばしてくるでしょう。自衛隊は、それを領空侵犯だと撃墜は出来ない。実際、日本の一部には、それが良い選択肢だと考える連中がいるはずです。自衛隊員が死ぬわけじゃない。危険を冒してわれわれを排除するのが台湾兵なら、渡りに船でしょう。日本側に、そんなに時間的な猶予はないでしょう。今も、総統府から突き上げられているはずだ。われわれに戦場を明け渡す気が無いなら、さっさと動いて殲滅しろと」

「ではどうする?」

「あのエア・クッション艇には、ここで生き残った全員が十分に乗れる。軍の上層部が、捕虜を連れて凱旋しろと言っているなら、こんな所に留まる理由はないでしょう? 援軍が上陸してくるならともかく。さっさと引き揚げましょうよ」

「われわれは一応、東海艦隊の隷下で作戦行動しているのだから、艦隊の命令がないとそれは無理だぞ。まあ、エア・クッション艇も軍艦は軍艦だから、それに乗っている自衛隊の将軍を連れてカメラに映れば、人民の士気は高まるだろうがな。それは最後の手段だ。できることはまだやらなきゃならん。そもそも、われわれがこの島を手放すと言うことは、自衛隊の防御ラインが、一気に大陸側にせり出すということだぞ。感心できないな」

「でも、われわれ以外、誰が働きました？」

「海軍は、一挙に三隻もの軍艦を失ったんだ。犠牲者の数で言えば、ここで死んだ兵士の数より、戦死した軍艦乗組員の数の方が多いだろう。圧倒的にな。彼らの犠牲を無駄には出来ない。もう一戦くらいやってみせるしかないな。東海艦隊も当然それを期待しているだろう。われわれが作戦を提示すれば、向こうも何か呼応してくれるかも知れん」

「提督が期待なさるような、犠牲は最小に、戦果は最大なんて都合の良い作戦はもう残っていませんよ？」

「わかっている。贅沢はいわんよ。味方の犠牲を最小に、それなりの作戦で良いんだ」

その要求の無茶さはたいして変わらないが……、という顔で雷大佐は頷いた。問題は、北京は本当にこの島を明け渡す覚悟を持っているのか、でもあったが。

これだけの犠牲を払って、たかがエア・クッション艇一隻と敵将の捕虜くらいで指導部が喜んでいるとしたら、その単純で、短絡した思考こそ危険だと雷炎は思っていた。

所詮、それは戦術レベルの些細な勝利に過ぎないのだ。

グェン・ティ・ランこと孔雪麗《コンシュエリー》中尉の一行を乗せたバスは、世田谷区にあるとある公園の木陰で止まり、全員を降ろした。ご近所さんの注意を引くから、団体行動は厳禁だった。

二人ひと組で、キャリーバッグを持った。ガラガラと騒音を立てるのはまずいので、全員手持ちだった。と言っても、日用品はここでも買える。着替えが入っている程度だったが。

ごく普通のアパートに着くと、ガイドの中年女性が部屋を割り振りして宛がった。二階の外階段に一番近い場所に下士官の部屋が割り振られて、そこが作戦指揮所にもなっていた。ただし、部屋の中にそれらしきものは一切ない。

変わっているところと言えば、キッチン兼ダイニングの壁に、ご近所の大きな住宅地図が貼ってある程度だった。

そして、一番奥が孔中尉一人の部屋。風呂は無かったが、シャワーはあった。1DKの構造だ。

全員に、いったん荷物を部屋に入れさせてから、指揮所に戻るようガイドが命じた。彼女は、自分の名前は名乗らなかった。

「いいですか？　この地図を頭に入れ、スマホの地図アプリできちんと現在地を確認して下さい。赤い丸がこのアパートね。日差しは良くないけれど、周囲をマンションに囲まれて人の出入りも見えづらい。ここに青いシールが貼ってあるけれど、コンビニです。日用品なら何でも手に入る。ただし、大人数で行かないこと。最大でも二人ひと組です。ベトナム人が二人、ここでレジのバイトをしています。どういう理由か知らないけれど、だいたいいるわね。夜も昼も交替で働いている。口調から察すると、二人ともホーチミン市周辺の出身でしょう。世間話程度なら、彼らと話すのは自由よ。下士官に、当面の資金として、日本紙幣をいくらか渡しておきます。

第一に、絶対に守ってほしいことは、貴方たちが中国人だとばれないことです。日本人は、ベトナム国境沿いに、ベトナム語を母語とする少数民族が暮らしているなんて知らないから。ベトナム人に徹すること。でも、日本人の多くは、なんとなくベトナム語と北京語、広東語は聞き分けるから気をつけてよ。中尉さんは、ベトナム系にはちょっと見えないわね？　日本人でも通用しそうな」

「ええ。父が漢族なので。でも母はれっきとした京族《キン》です」

「そうなの。ドアがノックされても出る必要はありません。NHKの集金人や警官のパトロールかも知れない。居留守を使っても構いません。ただし、外を歩いている時に、制服警官に呼び止められたら、決して逃げないこと。研修先の工場の紙を見せて、技能実習生であることを正直に申告して下さい。職務質問の想定問答の訓練はしたわね？」

「はい、問題ありません。監視カメラの類いは、どう回避すれば良いのですか？」

「それは、作戦当日までは、気にしなくとも良いわ。中国ほどではないし、その全てがネットワーク化されているわけでもないけれど、日本も監視カメラ社会になって、気にしても仕方無いから。当日の移動に関しては、バックアップ・チームが作戦を練っています。

　このアパートは丸ごと一棟、技能実習生用として借り上げてあるけれど、騒ぎは起こさないこと。ゴミは、一週間分溜めても問題無いでしょう。この国でのゴミの捨て方は異様に複雑なので、安易に捨てないで下さい。後日、私が指導します。スマホには、私の携帯の番号が入っているわね？　ま、私のじゃないし、私が出るわけでもないけれど、何かあったら私に伝言が届きます。じゃあ、皆さん、荷物を解いて、シャワーでも浴びて頂戴。長旅だったわね。夕食はこちらで私が用意します。

それまで解散」

ガイドは、孔中尉が泊まる一番奥の部屋へと移動して部屋の中を案内した。

「ごめんなさいね。女性が来ることは想定してなかったので、カーテンもちょっと薄いかもね。お化粧用の鏡台もないし」

そこに入るのは、彼女一人だが、六畳間では、二段ベッドが向かい合っていた。

「ここは以前から、ベトナム人実習生が利用していたのよ。だから、住民も、ベトナム人は見慣れている。日本とベトナムの関係は良好だから、石を投げられる心配は無いわ。むしろ貴方みたいな美人は、街でナンパされることに気をつけた方が良いわね。あまり化粧はしない方が良いでしょう。髪もぼさぼさにして」

「バックアップ・チームというのはどういう人々なのですか？　向こうを出発前に上官に聞いたのですが、向こうでは全くその情報はないとかで……」

「それは貴方たちが知る必要のない情報だけど、日本にも、革命運動をしている連中はいるのよ。日本社会に馴染んでみると、ちょっと時代錯誤な連中だけど。しかもみんな年寄りだし。彼らはでも、監視カメラに映らずに電車に乗れる駅や、乗換の方法を知っている」

「ああ。過激派という連中ですね。でも彼らは自分たちで爆弾も作れるでしょう？」

「いろいろ理由は聞いたけどね。これは彼らの戦争では無いし、何しろ年寄りだから、自分の家庭があったりして、つまり自分の手は汚したくない。中国共産党と仲が良いわけでもないし。ただ、日本政府の失点になることであれば、協力すると。そういうことらしいわね。それに、彼らの中には、間違い無く公安警察のスパイが潜り込んでいる。

役割分担することで、作戦が潰される危険を減らせる」

「貴方は、どうしてこんな危険な任務を？　日本での仕事というか、代理店の商売は順調なのでしょう？」

「それがね、私の父は、広東省の役人だった。私ももちろん京族よ。で私は、大学で日本語を学んでいたんだけど、父は汚職事件に引っかかって、刑務所で長期のお勤め。事実、賄賂を貰い放題だったわね。ある日、公安当局の人間が訪ねてきて、日本に潜入する気は無いか？　と言ってきた。そうすれば父の刑期を短くするからと。ベトナム人として渡航すれば、私の素性を怪しむ者もいないし、別に危険な任務はないから、いざ必要になるまで、潜入スパイとして好きなことをすれば良いと言われた。私は、父の刑期短縮なんて何の関心も無かったけれど、憧れの日本で暮らせるならと、二つ返事で飛びついた。ベトナムで一年間暮らして、ベトナム社会に溶け込み、ベトナム人の身分を貰って、日本に来て、こっちで結婚して永住許可証も持っているわ。仕事は、順調よ。技能実習生制度にも乗っかって、事務所も持ち、社員も雇っている。愛車はドイツ車」

「何も、こんな危険なことをしなくとも暮らせるじゃないですか？」

中尉は、キャリーバッグを開けて荷物をベッドの上に並べた。

「こんな言い方は変かも知れないけれど、党や組織には恩を感じている。資金提供も受けたし。あれが無かったら、私の事業はここまで拡大していない。旦那以外、家族と呼べる者はいないけれど、その恩を返すために、多少の危険は冒すわ。それにこの国は、とっととアメリカと縁を切って、そろそろ中国の支配下に戻るべきよ。三〇年足掻いて経済はどん底のまま。さっさと民主主義に別れを告げて、全体主義になった方が良いわね。東洋に民主主義は似合わない。というより、世界でそんなものが通用するのは西欧だけよね」

「そうなんですか。私は、大学の学費を稼ぐために、予備役将校訓練課程に登録したんです。それが自分の性に合っていることに気付いて、そのまま軍に入り、情報部に配属されました。てっきり、ベトナム関係の部署に配置されるんだろうと思ったら、対日情報部で、いずれは日本に潜入任務があるから備えておけと。それで日本語の勉強も始めました」

「変な話よね。インターネットで、東京中のライブ映像が見られる時代に潜入工作任務なんて」

「われわれ以外にも部隊が潜入していると思いますか?」

「それはいるでしょうね。これだけ急いだ作戦だから、そんなに大勢は入ってないと思うけれど、ひとチームでは済まないでしょう。何にしても、作戦が成功して、皆さんが無事に帰国できるよう、私は最善を尽くします」

ガイドは、トートバッグの名刺入れから名刺を一枚差し出して手渡した。表は日本語、裏はベトナム語だった。

日越人材ブリッジ代表〝ディン・レイ・スエン〟とあった。

「この携帯番号は本物で、私に二四時間通じます。貴方だけに教えておくわ」

「夕飯ですが?……」

「ベトナム料理を用意するわ。付き合いのあるベトナム料理屋があって、そこからいつでも出前を取れます。でも万一があるので、いったん、私の事務所に持って来させて、会社の車で、社員にここまで運ばせるわ。うちで手配できないのは、爆弾くらいのものよ」

「よろしくお願いします。何から何まで……」

「良いのよ。でもこの作戦、急ぎすぎよね。まあ、それなりの準備はしていたんだろうけれど。受け入れ先の工場を探すのも大変だったのよ。書類の作成なんて、お役所仕事だから、本当は何ヶ月もかかるのに、ちょっと無理もしました。こっちの政治家に賄賂を渡して、法務省に怒鳴りこませた。じゃあ後で」

　ガイドは、中尉がベッドに積み上げた着替えの服をちらと見遣った。

「貴方は、外出時はとにかく気をつけてね。清潔な格好は駄目よ。白いシャツとか、もちろん素肌の露出や身体の線が出るのも。今時、ベトナムの田舎でもあり得ないような地味でダサイ格好をしなさい。男の気を引かないよう」

「気をつけます。私、普段から、化粧気がなさ過ぎだと下士官から非難されているんですけどね。そんなだから恋人が出来ないんだと」

「男は何処行ってもそんなものよ。こればかりは国境も文化も関係ないわね」

　ガイドが部屋を出て行くと、孔中尉はドアに鍵を掛け、二段ベッドの下に入り、フー！　と横になって足を伸ばした。

　一人になると、少し黴臭い感じがした。ゆっくりと起き上がり、窓をほんの少し開け、キッチンのファンを回した。小さな卓上テレビを点けてチャンネルをザッピングする。

　民放は各局とも、普段の編成らしかった。ワイドショーにドラマの再放送。ＮＨＫも、別に臨時ニュースを流しているわけではない。

　自分も、東シナ海で発生している事態を詳しく聞いているわけではないが、呑気な国民だと思った。それとも日本人は、現実を直視することを避けているのだろうか？

後で、ディンさんに聞いてみなければと思った。

それから、部屋の作りや設備を確認し、シャワーを浴びてすっきりした。蛇口を捻れば普通にお湯が出て、しかもその温度は一定で、水圧も十分だ。トイレもレバー一つで流せる。自分の故郷では、まだまだこうは行かない。これが本物の文明だな、と彼女は満足した。

心ならずも、日本の虜《とりこ》になりそうだった。

日本国総理大臣・阿相士郎《あそうしろう》は、ほぼ一〇年振りに座る総理大臣の椅子に軽く腰掛け、やや前のめりになり、テーブルの上で両手を結んでいた。

そこには官房長官、官房副長官、内閣危機管理監、そして防衛大臣、防衛事務次官らが居並んでいたが、阿相は、全員を壁際に下がらせ、一人、陸上幕僚長の牛嶋保夫《うしじまやすお》陸将だけをテーブルの前に立たせた。

「それでよ、陸幕長。俺は昨夜一晩待たされたわけだが、魚釣島に、残りの水機団は上陸したのか？」

阿相は、いつもの癖で、べらんめえ調で話し掛けた。

「まだであります」

「なぜ？　俺がそんな話を聞くために、この糞忙しい最中に、お前らをわざわざ官邸に呼びつけたとでも思っているのか？」

「隊員の上陸には危険が伴い、また犠牲者を出す可能性があるので、現在、安全な上陸地点と方法を検討中です」

「あのさー、台湾総統府からさ、矢の催促を受けているわけよ。いや俺は別に台湾と仲がいいわけじゃないから、別に連中の言うことを聞く義理はねえんだけどよ、まあ、自衛隊が嫌だというなら、台湾軍に戦ってもらっても良いやな。戦争が終わった後、静かにお引き取り願えば良い話だし」

「総理。お言葉ですが、この後、掃討作戦を展開した場合、最大見積もりで五〇名前後の戦死者が出る可能性があります」

「すでに七〇名の戦死者が出たんだろう？　それにたかだか五〇名上乗せしたら何だっつうんだよ？　戦って死ぬのが兵隊の仕事だろう。お前さんのその両肩にある四つもの星は——」

「お言葉ですが、これは星では無く桜であります」

「どうでもいいだろうがよ！　台湾軍に解放してもらいましたってことで良いのか？　陸自として、それで面子とかどうでもいいなら俺は構わないぞ。それによ、そんなに兵隊を死なすのが嫌なら、戦闘機で爆撃すれば良いだろう？」

「それは、警察比例の原則というのがありまして、こういう戦時でそれが適用されるかどうかは微妙な所ではありますが」

陸幕長は、額の端から冷や汗を滴らせていた。

「知っているよ。あの、ピストルにはピストルで。ピストル犯をヒフティ・キャリバーでミンチにしちゃ拙いんだろう？　だが警官は、ナイフを持った奴をピストルで撃ち殺すよな？　爆撃はいかん、と法制局の見解でも聞いたか？」

「いえ、その判断は法制局の所管ではありませんので」

「じゃあよ、オメーさんは俺にどうして欲しいんだ？　俺は、オメーさんの首も取れると思うが、どうすれば、オメーさんらは、魚釣島からアカを叩き出せという俺の命令を聞いてくれるんだ？」

「どのような作戦が展開できるか、鋭意検討中であります。昨日は、事後処理で手一杯でありましたが、昨夜から総掛かりで作戦立案に入っております！」

「断っておくが、今度、台湾側から接触を受けたら、俺は正直に、自衛隊にやる気はないと応じるからな。とっとと出て行け！　そしてやるべきことをやれ！」

阿相総理は、しっしっと、野良犬でも追い出しそうな仕草で、全員に退出するように命じた。そして苛つく気持ちを静めようと、テーブルの上に置いたキューバ産の最高級葉巻に手を伸ばした。封を切ってその優雅な香りを嗅いだ瞬間、心が満たされ、にんまりとした笑顔が零《こぼ》れた。

この椅子に戻って来た。まあ、ほんの一瞬のことかも知れないが、また結果を出して退けば良いだろう、それが俺様に課せられた宿命だと思った。

第二章　国家に友なし

防衛省のご一行が出て行くと、代わって長身痩軀の男が総理大臣執務室のドアをノックして入って来た。

「ご無沙汰しておりました、総理。外務省の片倉《かたくら》でございます」

「よう！　何年振りだ？　この十年、会ってないよな。まだ霞ヶ関なのか？」

「はい。審議官です。今時、英語が出来てワインの蘊蓄《うんちく》を垂れ流すしか能が無い連中は、民間でも持て余すようでして」

「そうか。辞める時は、何処かポストを探してやるよ。葉巻、良いか？」

と阿相は火を点けたばかりの葉巻を示した。

「ここは総理のお部屋です。懐かしい香りですな」

外務審議官の片倉宗一郎《かたくらそういちろう》は、執務卓前のソファに、斜めに腰を下ろした。

「音無《おとなし》を覚えているか？　あいつはよ、自分では吸わないくせに、いつもマールボロとライターを持ち歩いていた。なんでだ？　と聞いたら、これは交渉相手とのコミュニケーションのためであり、戦場では、導火線やら何やら役に立つからと。俺の周りにいるできる奴は、なぜか昔からタバコは吸わんのだ。あいつ、客船に乗ってて死にかけたことを知っているか？」

「はい。抗体カクテル療法が効いて、快復しているそうです。今も、うちの若い連中が乗っていて、情報を上げてきます。客船内でのクラスター発生はほぼ押さえ込めたそうです。抗体カクテル療法も、万全ではないが、現役世代や若者には、それなりの効果が出ていると。あと、乗り込んでいた米側の代表団は、今朝方全員、客船を下りました」

片倉はおもむろに立ち上がり、自分の口に人差し指を宛がって静かに、と無言で告げると、胸の内ポケットから、折りたたまれた一枚のＡ４用紙を取り出して、開いた。

そして、自分の眼を指さし「最高機密《アイズ・オンリー》」であることを伝えてから、客船に乗り込んだ外務省のキャリアが認めたメモをテーブルに置いた。

阿相が、葉巻を置いて老眼鏡を掛ける。

「それなんだけどさ、降りて大丈夫なの？」

「そのことでありますが、すでに、土門陸将補の部下も、客船から下りて、魚釣島で本隊と合流しております。感染防御の技術も、コロナ以降、格段に進みました。検査技術も含めて。現時点で感染が確認されなければ、さほど心配は要らないということだろうと理解しております。厚労省派遣の医療団も乗り込んだことでありますし、客船内の感染者は、このまま押さえ込めるでしょう」

その手書きのペーパーには、自衛隊から派遣された衛生士官が、中国で猛威を振るっている中東呼吸器症候群《MERS》の抗体を持っており、それは間違い無くワクチンによる抗体であり、彼は、半年前に派遣されたアメリカで、ＣＯＶＩＤ‐19の新しいワクチンと称して予防接種の臨床研究に参加したこと。米側代表団も、そのワクチンを事前に打っている可能性が高いと推察されることなどが書かれていた。

「まあしかし、お前さんも、たまには銀座のクラブに顔を出す程度のことはしてほしかったよな?」

「昨今、官僚の銀座通いは、何かと批判の的になりますからな。週刊誌のなんとか砲一発で、人事に影響する」

メモを読む阿相の表情が、みるみる曇り、不機嫌なそれに変わった。

阿相は、メモ書きにミミズがのたうったような字で走り書きした。

「事実上、俺が資金を出しているクラブが何軒かあるんだが、二軒潰れたなぁ。若い娘は風俗でも何でもやって生き抜くが、ベテラン組の再就職斡旋とかたいへんだったぞ」

〝中国は知っているのか?〟とあった。

片倉は、軽く頷いた。「そういうことも、あったでしょうね……」

とペーパーを引き揚げてソファに戻った。

「ま、ここだけの話だ」

「もちろんです」

「でだ、お前さんは北米組なわけだが、チャイナ・スクールでなくとも交渉は出来るのか?」

「外務省のチャイナ・スクールを排除したチャンネルを求めてきたのは、向こう側です。理由は、われわれが言うのも何ですが、チャイナ・スクールの連中は、時々、前のめりになって出来もしない約束をする。その辺りが今回、嫌われたようです。向こう側が提示した条件は、ただ一つ。日本が台湾を巡る状況に一切、口出ししなければ、尖閣に展開した部隊を撤退させ、一九七八年の合意時点まで戻って構わないということです」

「君ら外務省は、その七八年の尖閣を巡る合意自体が存在しないという立場だろう?」

「それはチャイナ・スクールに聞いて下さい。自分の所管ではありません」

「外務省内では何と言っているんだ？　中国は、台湾を手に入れたら、それで収まるのか？」

「北の基隆《キールン》を抑えても、太平洋に自由に出入りできるわけではない。しかし、南の高雄《たかお》を使えば、それが達成できます。中国海軍や空軍が、尖閣に執着する理由が薄まるだろうとは思っています」

「たかが無人島ごときのために、台湾を見捨てろってか。俺は別に台湾と仲がいいわけじゃない。正直、日華議員懇談会のメンバーでもないしよ。外務省の総意としてはどうなんだ？　たとえば、台湾防衛で米帝が出てくるなら、別に日本が北京と手を握っても大丈夫だろう。台湾も救えるし、同時に尖閣問題を歴史の彼方に追いやれる」

「ベイテイ？……。ああ、アメリカ帝国主義勢力。懐かしい言葉ですな。しかしその場合でも、台湾との関係は、かなり険悪なものになるでしょうし、その米帝が、日本のそういう態度を許すかどうか」

「許すも何もさ、嘉手納の戦闘機をさっさとグアムやウェーク島まで下げた連中に物言う資格があるのか？　ウェーク島なんざ、下手すりゃミッドウェイより遠いだろう。日米安保は現在、履行されてない。お前さんのカウンターパートは何と言っているんだ？」

「尖閣の無人島くらい、自衛隊だけで制圧できるだろう。それとも戦死者を出すのが怖いのか？　そういう話なら、日米安保の発動は永遠にないぞ……、と」

「そら当たり前だよな。当事者が血を流す覚悟もないのに、米兵を死なすこたぁない。で、俺にどうしろと？」

「高度な政治的判断になります。これは、総理ご自身がお決めになるべきことです」

「さっきの銀座の話だが、前総理はどうだろうな？」

「あのお方は、少々固い所があるお人でしたので、こういう艶っぽいお話は敬遠なさると思いまして……」

　つまり、前任者には話していないということだ。阿相は満足げに頷き、葉巻を深く吸い込んだ。

「俺がここに戻って真っ先にやったことはな、天井の煙検知器を止めさせることだった。だがよぅ、いざ解放軍が台湾に上陸した後、米帝は本気で支援する覚悟があるのか？　海兵隊を上陸させてさ。米帝の台湾政策なんて、ブレてばっかりじゃないか？　中国との対決姿勢を鮮明にしたコロナの後ですら、あいつら、台湾を世界保健機関《WHO》に復帰させる程度のことすら出来なかった。ワクチンをくれてやるわけでなし。それでいて、台湾の国防費を圧迫することは目に見えている高価な戦闘機やミサイルを売りつけるわけだろう？

　あいつら、自衛隊向けにやっていることと変わらねぇじゃないか。高価なオモチャを、防衛力整備のためじゃなく、日米間の貿易赤字解消のために売りつける。ボロ・アパートにベンツを置くような真似を押しつけてばかりだ。おかげでこっちは、隊員宿舎の改修も出来ないのに、整備もまともに出来ん高価なオモチャばかり増えた。

　台湾が自力で持ち堪えられなかったら、米帝は出てくると確約しているのか？　あいつらこそ梯《はし》子《ご》を外すだろう。中国との付き合いは捨てられないと。ハリウッドは、チャイナ・マネーに汚染されているし、スポーツ界は、十四億のファンにテレビ中継が出来なきゃ視聴料収入がないとか泣き言を言ってくるだろうし。空母一隻が沈んだら、六千人もの乗組員が海の藻屑だぞ。そんな戦争をやらかした後で、別に中国共産党が倒れるわけでもないのに、すぐ手を握って、全て水に流そうと付き合えるはずもない。米帝に忠義立てして台湾の戦争に関与したところで、日本が得る物はないぞ。下手すりゃ、何処の支援もないまま、台湾の戦争に巻き込まれることになる。そして戦後は、どっちが勝とうが、われわれに得る物はなく、中国での利権を全部失って叩き出される日本の後に、いけしゃあしゃあと、米帝や韓国が収まって、そのシェアの穴埋めをするだけだろう」

「まさに総理が仰る通りです。国家に友なし！国益あるのみですから」

「で、お前さんはどう思うんだ？」

「私には聞かない方が良いでしょう。何だかんだ言ったところで、自分は北米組です。日本がそこそこ頑張りを見せ、台湾に対しても、出来うる最大の援助を尽くせば、いずれは米帝も重い腰を上げて出て来てくれるだろうと信じていますから」

「根拠はねえんだろう？」

「純然たる希望的観測であり、根拠はゼロです」

「とんだ楽観主義《オプティミズム》だな……」

「はい。戦後日本は、それで生き延びてきましたから」

「東西冷戦が終わるまではな。東西冷戦が終わって、アメリカという重しが取れた途端、世界は迷走を始めて、日本経済も今じゃこのザマだ。中国人に伝えろ。台湾なんて国のことは知らん。だが尖閣は日本の領土だ。道に迷ったなら、先導してやるから自力で帰れ。ぐずぐずしていると弾の雨が降ってくるぞと」

片倉は、それをメモした後、さらに英訳した文章を認め、「これでよろしいですか？」と阿相に見せた。

「問題無い。誤読のしようがない文章だ。後は自衛隊がやるまでだ。ところで、お前さんは警察比例の原則をどう思う？」

「必ずしも、軍事行動に適用されるわけではありません。現に米帝は、テロリスト一人を暗殺するために、結婚式の宴会場に爆弾を投下して皆殺しにするわけですから」

「そりゃお前、擁護になっていないぞ。だいたいそれやって、奴らはアフガンから叩き出されたわけだしな」

「現場に判断させてはいかがでしょう。土門陸将補は何と？」

「あいつは今、兵隊を死なせたことでショック状態だ。ああいう柔な性格が、俺の世代と違う所だな。音無なら、まだ息のある負傷兵だって、平然と弾避けにして戦うだろうに。

ま、陸幕の将軍連中だって、台湾が魚釣島からアカを叩き出してくれました。その間、自衛隊は物陰に隠れて様子見してましたなんて非難は受けたくはないだろうから、やることをやるだろうよ。死体の山を作ってもな。だいたいあいつら、軍服の袖に腕を通した時に宣誓したんじゃないのか？　事に臨んでは危険を顧みず、身をもって責務の完遂に務め——、と。死にたくないから、それは出来ませんなんて、国家国民に対する詐欺だろうが」

「その後はどうしますか？　どの道、解放軍が魚釣島を制圧する危険はもう無くなったと言って良いでしょう。一方で、台湾への上陸作戦の準備が着々と進んでいる。チャイナ・スクールには、尖閣への中国の執着は、その作戦を隠蔽するための陽動では無いか？　と言っている連中もいます」

「中国だって、バカじゃない。それなりの準備と覚悟をして、台湾に侵攻するわけだろう。そんなのをさ、まあ事実上の友好国、それもこの極東で唯一の友好国だからと言って、自衛隊が参戦していいのか？　明らかに憲法違反だし、そりゃ、国民の一定数は支持するだろうが、それで百人も千人も戦死して、棺桶がぞろぞろ引き揚げてみろ、世論なんて、風見鶏な連中はあっという間に意見を変えるぞ。それでも、勝てればまだ慰めにもなる。勝てるという約束もない。米帝の支援もどの程度見込めるかも全くわからない。

アメリカ側に伝えてくれ。お前らがどれだけ優柔不断な連中かは良く知っている。だから、これだけのことは最低限やってのけるという紙切れをよこせ。空証文で良い。俺はそんなのは信じないわけだが、この程度は出来そうだということを表明したら、それを見た上で判断を下すと」

「わかりました。一応、お伝えしておきますが、消耗が激しい迎撃ミサイルの輸送や、新型戦闘機の素早い提供など、アメリカとして、自衛隊の後方支援に関して、出来るだけのことはやっているつもりだそうです」

「こっちは、金を出して買うんだろう？　純然たる商取引だ。無償供与じゃない。同盟国というなら、その新型戦闘機を運んできたパイロットくらい置いていけ！　と言ってやれ」

「はい。発破を掛けておきます」

片倉が執務室を出て行く時には、葉巻はすっかり燃え尽きていた。部屋の中にうっすらと紫煙が立ちこめていたが、阿相は、「煙を吸うもんじゃねぇな……」と秘書官を呼んで、さっき届いたばかりの煙草用のハイパワー空気清浄機二台を全開にさせた。

グェン・ティ・ランこと孔雪麗《コンシュエリー》中尉は、夕食までの間、地理を覚えるために二人ひと組で外出させた。目立つ行動はせず、ただ地理を覚え、買い物の方法に馴染むよう命じた。

孔中尉は、部隊のナンバー2のダン・クァン・ハオこと顔誠《イエンチエン》軍曹（中士）と連れだって外出した。恋人でもない、親しい友人関係という設定で、手は繋がなかった。

服装は地味な中間色、素肌の露出部分は最低に。ジーンズを穿いたが、極力、身体のラインは出ないようにした。パンプスではなく走りやすいスニーカーを履いた。

孔の方が先に歩き、顔軍曹は、斜め後ろに従った。

「速いですね。みんな歩く速度が異常に速い」

「そう？　上海辺りもこんなものよ」

「それに、何というか、臭いがしませんね。ほら、ハノイ辺りだと、バイクの油の臭いとかするでしょう」

「たぶん、燃料の品質が良いんでしょうね。うちはほら、怪しげな燃料が平気で売られているから。ハイブリッド車に気をつけないと。エンジン音がしないから」

ハノイ辺りよりはカラフルだ。それに、驚くというか、聞いてはいたが、コンビニは、ハノイにあるコンビニと全く同じお店だ。店の看板が同じなのだ。少なくとも、ここは欧米ではないことがわかる。

ベトナムには、日本の大手コンビニ・チェーンがほぼ全て進出してシェア拡大を競っていた。

駅の周囲を偵察してから、最後に、そのベトナム人が働いているとか言うコンビニに入ってみた。カフェラテとスウィーツを持ってレジに向かうと、明らかにベトナム同胞とわかる女性が働いていた。名札には「花子」とあった。最近、ストーカー対策で、日本のコンビニでは、従業員に通称の名札を着用させるようになったと聞いていた。

店内は、だがベトナムのそれとは大違いだ。ハノイの系列店に何度も入ったが、もちろん陳列されている商品はまるで違うし、店内の明るさまで違う感じだった。

だが、レジには困ったというか、まごついた。自動精算レジだ。

「ええっと……」

「大丈夫よ、それ、ベトナム語の表示があるでしょう。それにタッチして頂戴！」

とその花子さんが呼びかけてきた。

「有り難う！　へぇ、凄いのね。この機械」

母国語を選択した途端、全てのメッセージがベトナム語に切り替わった。多言語設定で、英語も中文も表示出来る。

「今日は、新しい同胞が何人も現れるわね」

「ええ。さっき着いたばかりなの。ここに同胞がいるから、買い物はここでしろと言われて、みんな訪ねてくるみたい」

「そうなの。そっちは給料は良さそう？」

「どうかしら。工場勤務だから、怪我とかありそうだし。ここはどう？」

「食べるためよ。そうだ、その向こうに、赤い看板のハンバーガー屋さんがあるでしょう。最近、新人が入ったのよ。言葉が出来ないからとお客に虐められて時々泣いているから、たまに訪ねていって頂戴」

「有り難う。そうするわ。ここはどんな街なの？」

「治安は良いわよ。深夜でも女性が一人で出歩ける。注意することは、差別とビザね。あれが切れると、私たち、ただの逃亡者だから。差別は、酷い言葉を掛けられるけれど、それは聞こえないふりをするしかない」

「気をつけるわ。有り難う！」

トートバッグに商品を入れて店の外に出ると、顔軍曹が、少し呆然とした様子だった。

「なんか、ハノイにある系列店と全然違いますよね！　何というか、英語でカルチャー・ショックというんですか……」

「そうね。正直な所、私もそんな感じです。あんな大量の商品を扱って、しかも公共料金の入金とか、宅配まで扱うんでしょう？　暇な時には揚げ物の管理もして。とんでもない高度技能だわ」

「ええ。兵隊一人で戦闘機から戦車まで乗り回すようなものだ。いや、あんな所で働けるなんて、凄い連中ですね」

もう一軒、違う系列のコンビニに入って、人数分の缶ビールを買って帰路に就いた。

差別感情は、ひしひしと伝わってくる。すれ違う住民の、自分らが日本人ではない誰かだとわかった時の表情で察することが出来た。

「世田谷って、東京でも一番金持ちが暮らしているんですよね？　上級国民とか言いましたっけ……」

「でも、駅からほんの五分も歩けば、ボロ・アパートが建っている。中国の都市ではちょっと考えられないわね。あっという間に地上げされて、高層アパートが建つから」

「みんなちゃんとそれなりの大学とか出ているだろうに、差別するんですね。われわれは明らかに見下されている」

「われわれだって、京族とは言え、ベトナムのことを見下しているし、中国は、ベトナムは、カンボジアを見下しているし、中国は、ベトナムを見下す。私たちだって、中国では京族だとわかった途端、ああ、という顔をされるじゃない。人間は、そういう相対化でしか自分のプライドを保てないのよ。何処かの国の民度が、とりわけ低いわけじゃない。人間はそういうものだと割り切るしかないわね。そんな世の中でも、中国はまだ上等な方じゃない。

少数民族をまとめて上手く回っているんだから。こんな難しい国を一つにしてまとめている党に感謝することね」

アパートの作戦指揮所に集まり、皆が買い集めたおやつやジュース類をまとめて、車座になり偵察の結果を和気あいあいと報告し合った。一通り話が終わったところで、孔中尉は、トートバッグから、A4ペーパーとボールペンを取り出して配った。

「さあ、じゃあみんなすっかり寛いだところで、テストよ。現地偵察の成果を見せてもらいます。自分たちの部屋に戻り、ここから、駅周辺、貴方たちが歩いた所の記憶している限りの地図を描きなさい。部隊でも何度かやった訓練よね」

えー？　という抗議の声が上がった。

「私たちは観光に来たわけじゃありません。ご褒美は特にないけれど、情報量が最低だったコンビ二人には、夕食時のビールはお預けですから！ちなみに、ここのキッチンに貼ってあった地図は、もう外しました。全員、ここに自分のスマホを置いて部屋を出なさい。時間は二〇分です。アルコールの摂取は、今夜が最初で最後です。いつ、出撃命令が下るかも知れないので」

作戦開始がいつになるかは全く不明だった。指揮官からは、それは戦況次第だろうと聞かされていたが、その肝心の戦況がわからないのだ。中国国内のネットを覗く限りは、勝っているようにも見えたが、台湾のそれを覗くと、勝っているのは日台側だ。もし、日本と台湾が優勢に戦っているのであれば、作戦決行が早まる可能性があった。

さすがに今夜は無いだろうが、明日以降、いつ命令が届いてもおかしくなかった。

それに備えて、部隊の緊張感を徐々に高めておく必要があった。作戦決行時には、部隊のテンシヨンを最高度に上げておかねばならない。

百里《ひゃくり》基地に急遽編成された第三〇七臨時飛行隊のパイロットと整備クルーたちは、ハンガーの中に鎮座する、二機のF‐15EX〝イーグルⅡ〟戦闘機で、初歩的なオリエンテーションを受けていた。

講座を指揮するのは、嘉手納基地の第18戦闘航空団の作戦参謀兼EXのインストラクターの資格も持つオリバー・R・エバンズ空軍中佐だった。

エバンズ中佐は、実機を何周もし、コクピットへ駆け上りつつ、拡声器を持って何時間も喋りまくった。時には、休憩時にコーヒーが入った魔法瓶を持ったまま喋り続けた。

日本側のパイロットたちは、ノートを持ってひたすらメモをとり続けた。

「……それで、わが嘉手納の部隊にもEXが徐々に入りつつある。個人的には、ゴールデン・イーグルも良い機体だから、日本にくれてやれば良いだろうと思うわけだが、上の連中は、日本は金持ちなんだから、欲しければ買えば良いだろうという態度だ。

それで、君らがJ型と名付けて導入した初期タイプのC型だが、知っての通り、スパロー4発にサイドワインダー4発が基本武装だった。それでも当時は最強だった。ミサイルの射程距離は、あの当時のスパローで、たったの一〇キロだったがね。しかし、今の最新型のアムラーム・ミサイルの射程距離は、二〇〇キロ近い。それだけわれわれの交戦範囲は拡大したわけだが、搭載できるミサイル数も、一六発だ。それだけ搭載しても、コンフォーマル・タンクのお陰で、航続距離はむしろ伸びて、エンジンのパワーアップで機動性も一切損なわれていない。9Gで、パイロットの意識が続く限り空中戦《ドッグ・ファイト》が出来る。正直、初期型のストライク・イーグルでは、ドッグ・ファイトは難しかった。これは、それが出来る。しかも、複座型のストライク・イーグルの後継機として開発されながらも、空対空戦に特化するならパイロット一人で操縦し戦闘も出来る。

そのだいたいのイメージは、諸君らが、パソコンで体感したフライト・シミュレーターでも理解出来たと思う。全くのアナログ計器のC型から突然このグラス・コクピットに乗り換えるのはきついだろうが、こればかりは慣れてもらうしか無い。グラス・コクピットの究極だ。目の前に、小さなモニターが数面あるわけではなく、ただ一枚のモニターがあるだけ。そこに、パイロットがその瞬間必要とする全ての情報が投影される。EXのセンサー・フュージョンは、F‐35戦闘機ほどではないとする評価もあるが、とんでもないぞ！　F‐35のヘルメット・モニターとか、個人的には、ちょっと無理しすぎていると思う。あれはまだ技術が追いついていない。EXのセンサー・フュージョンでも、F‐35並のことは出来る。君らは、ほぼ全周視界を得られるし、ステルスに拘らずに済む分、大型のセンサー・ポッドも搭載できる。これみたいな……」

エバンズ中佐は、機体の腹の下に潜り込み、双発エンジンの、丁度インテイクの真下に下げられた二本のセンサー・ポッドを指し示した。

「一応、最新のAESAレーダーを搭載しているが、このセンサー・ポッドがあれば、それに頼る必要はないだろう。これから君たちには、過去には想像も出来なかった、新しい戦術を学んでもらうことになるし、それで戦うことになる。われわれもまだ試したことはないのだが、この戦術を考えた連中は、数で勝るだろう中国軍機を相手に、少数でワンサイド・ゲームに持ち込む手法としてそれを考え、装備を組み上げた。上手く行く自信はある」

誰かが、「こいつ、嘉手納から真っ先に逃げたと聞いているぞ……」と漏らした。

エバンズ中佐は、それを聞いて苦笑いした。

「ああ、ゴメンナサイ。私の奥さん、日本人デス。ニホンゴ、スコシ、ワカリマス！　確かに、いなかった。なんとウェーク島まで逃げた。真っ先にね。その判断を下したのは私だ。東シナ海で騒乱が発生したら、最新鋭機を真っ先に安全な基地まで後退させるという方針が最近打ち出された。まだEXが登場する前だったな。それは、ゴメンナサイ、デス。同盟国として、してはならないことだった。でも、われわれはこうして帰ってきたし、こうして協力していることを評価してほしい」

「その、新しい戦術というのはどういうものなのですか？」

第三〇七臨時飛行隊を任された飛行隊長の日高《ひだか》正章《まさあき》二佐が尋ねた。

「それは、おいおい説明する。唐突に話しても、真に受けられない戦術なんだ。実際、初めて聞かされる戦闘機パイロットは皆、一笑に付したよ。ところが、シミュレーションを何度か見せてもらったが、これが上手く行くんだな。ちなみに、極秘ではない。まず、この戦術に近いものを最初に編み出したのは、われわれではなくロシア空軍だ。それも前世紀の終わりには、これで行けると思っていたらしい。われわれはそれを最新技術でソフィスティケートしただけ。一度だけ、軍事サイトにすっぱ抜かれたことがあって、ちょっと慌てたけどね」

「ああ、これと、アムラームをリンクさせるんですね？」

新庄藍《しんじょうあい》一尉が、センサー・ポッドを指し示しながら言った。

「ビンゴ！　その通りだ。幸い、その時はディテールまでは漏れなかったので、空軍は知らん顔を押し通した。中国もその記事を読んだだろうが、今の中国空軍では、対抗措置は無理だろうと判断された。だが、いつまでも使える戦法では無い。敵はいずれ学ぶだろうが、それまでは、ワンサイド・ゲームを展開できる。その間に、より多くを撃墜して数を減らすことだ」

滑走路上に、T‐4練習機が二機降りてくる。それに続いて、T‐4が出迎えたEX戦闘機が次々と着陸してくる。最初の八機編隊は、ハワイの州空軍部隊からの提供だった。

見た目は、ストライク・イーグルだ。だが、パイロットは前席の操縦者一人しか乗っていない。たぶん、一〇時間を超えるフライトだったはずだ。アムラーム・ミサイルを一六発フルで下げている。それプラス増槽。しかし、途中で空中給油を一回受けたはずだ。

あれだけ搭載して、空中給油一回で、日本とハワイを飛べるなんて驚異的な性能だと新庄は思った。

一機だけ、進入する機体が着陸する寸前、機体を左右に捻った。それを見守っていた隊員らの中でどよめきが起こった。翼の腹側に、何かペイントが施してあった。新庄には良く見えなかったが、誰かが、「あれ旭日旗じゃないか？」と呟いていた。

エプロンへと誘導されて、機体が整列してエンジンが停止される。風防ガラスが上がると、航空ヘルメットを脱いだパイロットたちは、さすがに疲労困憊の表情だった。酸素マスクの跡が、頬にくっきりと赤く残っている。

「全員、搭乗予定者は、配置に就いて自己紹介しろ！」

　新庄一尉は、機体番号を確認しながら必死に走った。目指す機体ナンバーの翼の下を少し覗き込むと、確かに何かが描かれている。

　パイロットがコクピットから降りてくる所だった。女性パイロットだった。

　新庄は、踵を揃えて敬礼して自己紹介した。

「ああ、ご苦労様。ええと、お水貰えるかしら？　私は、エルシー・チャン少佐。見たとおりの中国系よ。よろしく。喉がからからで、舌も動かないわ。貴方、女性パイロット用の排尿デバイスというのを使ったことある？」

「ああ、あれですね。われわれは、そんなに長い時間飛ぶことはないので、万一に備えて紙オムツをすることはありますが」

　新庄は、ハンガー前で見守っている連中に、飲み物！　と仕草で合図した。

「なんというか、あれを使っている時だけは、女に生まれたことを呪うわよね……」

「お一人なんですね。てっきり二人乗っているものと」

「ああ。それが、州空軍では、これはC／D型の後継機として導入されているじゃない。あっちはパイロットは一人。つまり、養成が間に合っていないのよ。昔ほど戦闘機パイロットは人気商売でもないし。私は、後席もこなす資格を取ったばかりだけど。前席はインストラクター資格も持っています。フェリー任務は初めてじゃないけれど、ホント辛いわね。あまりに退屈だから、スマホでドラマを映して時間を潰してたわよ。バッテリーが空になっちゃったわ」

「後で、モバイルバッテリーをお貸しします」

「戦況はどうなっているの？」

「特に変化はありません。昨日から今日に掛けては、ちょっと停戦モードですね。うちは、かなり大きな犠牲を出したので。あと、政権交代がありました」

整備隊員が、ペットボトルを持って自転車で走ってきた。

「ああ！　有り難う。全部飲んで良いかしら？」

「もちろんです。どうぞどうぞ。食事もすぐ用意させますから。ハワイのご出身なんですか？」

「いえ。生まれは香港よ。香港の中国返還時、どうせ中国はすぐ本性を顕すだろうと危惧した両親が、血縁を頼って一族郎党ハワイへ移住したの。何が怖いって、中国の捕虜にだけはなりたくないわね。私なんて、絶対アメリカ人扱いしてもらえないから。貴方、C型のパイロットなの？」

「いえ、私の世代は、あんなロートル機を覚えても将来がないからと、いわゆる近代化改修機に乗っていますが、ゴールデン・イーグル並とはいきません」

「それは安心したわ……」

チャン少佐は、喉を鳴らしてごくごくとペットボトルを一本飲み干した。

「C型からEXに乗り換えるのは大変よ。プロペラ機とスペース・シャトルくらいの差はあるから。パイロットのワークロード低減のためのグラス・コクピット化なんて大嘘ですからね。情報量は、何十倍にも膨れあがって、液晶パネルはあっという間にクリスマス・ツリー状態になる」

「ええ、それ楽しみです！」

「優秀なのね？」

「はい！　父は、航空自衛隊の初等課程の教官パイロットでした。小学校に入った時には、戦闘機に乗ると決めてました」

「そう。じゃあ、まず私をトイレに案内して頂戴。

後席に、私の荷物を縛り付けておいたから、後で回収してね。それから、ハンバーガーかサンドウィッチでも貰って、コクピットに二人で入り、シミュレーション・モードで飛んでみましょう！

貴方がどの程度慣れたか知りたいから。テクニカル・オーダーには目を通したわね？ で、スシはまたの機会にして、でもお米を食べて一眠りさせて頂戴。私、日本のお米派なの。チャーハンももっぱらコシヒカリを買って作っている」

「わかりました。完璧な日本食をご用意させます。あと、この胴体下面のペイントですが……」

「ああ、やっぱり気になるわよねぇ……。それがね、本土のとある空軍基地で、航空ショーが予定されていたのよ。で、ハワイから、他基地との訓練も兼ねて何機か参加することになって、ところが、その地元の議員さんが、ハワイから来るならトラトラ・ショーをやってくれないかと言ってきて、あれってほら、最後にキノコ雲を演出したりして、昔いろいろ日本側から抗議とかあったんでしょう？ やりたければ、テキサンに日の丸でも描いて飛ばせば？ と言ったんだけど、そんな金はないから、お宅の戦闘機をゼロ戦代わりにライジング・サンに塗ってくれ、キノコ雲の演出なんてしないからと。それで、まず下側を塗ってみたの。色味を確認するために。後日、上面も塗るつもりだったのに、戦争が始まってそれどころじゃなくなり、落とす暇も無かったというわけ。まあ、敵にこれが見えるようなドッグ・ファイトは起きないと思うけれど、気になるなら落として頂戴」

「いいえ。私はとても気に入りました！ 旭日旗はわれわれの誇りですから。何なら上も塗らせます。最近、隣国がいろいろと言ってくるんですけど」

「知っているわよ。まあ、アジアのご近所付き合いは大変よね。アメリカ人にはとうてい理解できないわ」

と少佐は笑った。上面は、普通というか最近のロービジ塗装で味も素っ気も無いが、腹側はど派手な旭日旗模様なのだ。その戦闘機の写真は、基地周辺に張り込んでいたスポッターによって撮影され、たちまちネットの話題をさらった。


魚釣島では、土門が陸幕からのテキスト・メッセージを受け取っていた。

「水機団長を兼任して指揮を取れ！　増援を送り込む」という内容だった。

「こういうの、貧乏くじという奴だろう？」

「起こったことに責任を感じているなら、引き受けるしかないでしょう」

原田一尉が横で言った。

「無理だろう。水機団司令部のご一行様は、全員敵の捕虜になったんだぞ。団長が一人新たに任命されても、幕僚スタッフも通信士もいないじゃないか？」

「それは、後続の増援に期待するしかないでしょう。それまでは、われわれがバックアップするしかない」

「こんなの、東京から、誰かをヘリで飛ばして遣せば済む話じゃないか？」

「誰も火中の栗を拾いたくなかったか、七〇名も戦死した後では、死にたくないですよね」

「そんなので幹部士官は務まらないだろうに。呆れた奴らだ……。ガル、例の降下作戦しかないのか？」

「それしかないでしょう。集合には手間取るし、最悪、撃墜や滑落もあるでしょうが、前日の二の舞は避けられます」

「撃墜されちゃ同じだろう」

「でも、迫撃砲弾の直撃を運悪く喰らうよりは、対空ミサイルに撃たれた方が諦めも付くと思いませんか？」

「変な理屈だな。俺は、水機団の指揮所に行って意見交換してくる。原田、付いて来い。俺に何かあったら、君らが協力して作戦を継続しなきゃならんから」

昨日まで、民間軍事会社が使っていた粗末なテントを水機団第一水陸機動連隊・第一中隊長の神《かん》田忠司《だちゅうじ》三佐が使っていた。彼の中隊は、最初に上陸したため損害が少なく、他の残存兵力もまとめて行動していた。

「ちょっと良いかな、中隊長。君の所の無線も、新しいROMが届いたんだよな？」

「はい。しかし、自分らは中隊用無線機しか持参していないので、本土との通信は出来ません。沖合の護衛艦経由で、どうにか連絡してもらっている程度で、正直、情報面では辛いです。連絡員をそちらに派遣してよろしいですか？」

「ああ、すまんな。そういう手筈をすっかり忘れていた。昨夜の内に、きちんと指図しておくべきだったな」

「昨夜はまだ、仲間の遺体集めでそれどころではなかったですから」

「おかしくなって、自殺を試みた奴とかいないだろうな？」

「幸い、まだおりません。泣き喚いた奴は何人か出ましたが……」

「そりゃそうだろうな。それで、今の内に話しておくが、もし私に何かあったら、ナンバー2の姜三佐が指揮を引き継ぐ。その次は、神田三佐、そして原田一尉となる」

「失礼ですが、原田一尉は、衛生士官なのですよね？　隊長の部隊は、見ざる言わざる聞かざるで、その存在をあれこれ詮索するなと命じられておりますが……」

「司馬さんは知っているよね？　格闘技教官の」

「ああ！　あの鬼教官のですか。とんでもない人ですよね。ちょっとシリアル・キラーっぽいというか」

神田は、まるで昨夜見た悪夢を語るような表情だった。

「いやいや、彼女はただのサイコパスだから、うん……。まあそういうことだよ。この原田君も、便利な男だぞ。傷の縫合も出来るコマンドだ。彼の素性を知る必要は無い。見掛けによらず面白い男だが」

「隊長、その前に話すべきことがあったのでは？」と原田が注意した。

「そうか？　ああそうだった。すまん。それで、陸幕からの命令で、しばらく私が水機団全体の指揮を取ることになった。新しい水機団長だ。みんな逃げやがった。だが、良い知らせもある。増援がやっと入る。たぶん、何処かの連隊指揮所もやって来るだろうから、君の肩の荷も下りるだろう。それで、ただ問題は、上陸方法だ。昨日、上陸時を殺られたのは、狭いランディング・ゾーンにオスプレイが降りてきたせいだ。この島で、オスプレイが着陸できる場所は限られる。だから、着陸を諦めてファストロープで降りたり、稜線上にケツだけ付けて降ろすしか無い。君ら、ファストロープの訓練はやっているよな？」

「はい。ただ、オスプレイではまだです。将来的に必要ではありますが、まだそこまで訓練する余裕が無かったので。CH-47やブラックホークでは問題ありません」

「敵の反応時間を考えると、オスプレイでサッと入って、さっさと降ろすしかない。初体験でもやってもらうしかないな」

「戦争ですから、それくらいやるでしょう」

神田はフーとため息を漏らした。プレッシャーのため息だった。

「君、大丈夫か？　すまんな。もう長いこと、一般部隊を指揮してないので、気付かなかった。中堅幹部の精神衛生は大事だ」

「ええ……。まあ、何というか、前夜は、生き残ることで精一杯。陽が昇ったら、戦死した仲間の遺体の回収で、それからすぐ敵正面への配置に就いて、神経をすり減らし、今日まで二日間、がむしゃらというか、あれこれ考えている暇もありませんでした」

「本当に済まなかった。私自身が、ショックで判断力を失っていた。われわれを頼ってくれて構わない。もっと積極的にサポートすべきだった。どうして君は俺にアドバイスしなかったんだ？」

と土門は原田を責めた。

「それは姜三佐の任務で、自分は負傷者の手当に忙しかったのでありまして」

「頼りにならん部下だな。君は最近、カウンセリングの勉強も始めたんだよな？」

「はい。最近の世界の衛生兵の重要課題なので」

「ちょっと、この部隊を一通り、把握しといてくれ。増援を受け入れる部隊が、亡霊のように弱っていては困る。士気は高かろうが低かろうが、必ず伝染するものだ。俺はちょっと前線を見回ってくるよ」

「護衛を付けます。無線機くらい持たせた部下を同行させませんと」

と神田が言った。

「すまんね。そういうことなら頼む」

その必要は無い。土門は常に複数チャンネルの

無線機を持ち歩いていた。だが、頼りにしている
という態度を示す必要があった。
神田が、若い隊員に案内するよう命じると、原
田は人払いして神田と二人きりになった。
「特に、注意が必要そうな隊員の固有名詞を頂け
ますか？」
「この自分を除いて？」
「はい。中隊長殿は、問題ありません。この二日
間耐えた。もう半日かそこいらは問題ないでしょ
う。指揮官レベルのＰＴＳＤの発症は、だいたい
遅発性ですから」
「簡単に言ってくれるな……。ここだけの話、ど
ういう部隊なんだ？　姜三佐のことを聞いた記憶
が無い。会ったことも。韓国系の苗字なら、それ
なりに噂になるはずなのに。しかもあの美人だ」
「あの人は、事実として韓国軍からのスカウトだ
し、自分は、幹部候補生学校は久留米ではなく、
奈良です。その前は生徒隊だった」
「はあ？　海自に入って空自で士官になり、陸自
で特殊部隊？　しかも特技が衛生」
「ここだけの話でお願いします」
と原田は笑った。
「どういう部隊なんだ……。司馬教官は、そんな
所にいたのか」
「自分は良くは知りませんが、いろいろと伝説の
あるお方のようですね。ペーパー仕事は一切やら
ないとか、自分が仲人の部下の結婚式をすっぽか
したとか。何か必要なものがありますか？」
「とにかく情報が欲しい。情報に飢えている！
どうして解放軍に動きが無いのか？　最前線にい
て、戦況がどうなっているのか全くわからないな
んて経験をするとは思わなかった。これは、本物
の悪夢だ……」
「連絡員をわれわれの指揮所に遣して下さい。わ

れわれの無線システムは、他部隊とは全く別物なので、ROMの差し替えは最小限に済みましたが、それでも昨日はブラックアウト状態でしたね。あれはきつかった。たいしたニュースは無いという事実と、そもそもニュースにアクセスできないというのは全くの別物だと良くわかりました」

「うん……。戦場で死ぬことを怖いと思ったことは無かった。何しろ水機団だからね。だが、飛行機に乗ったまま墜落するとか、銃にマガジンを装填する暇も無く暗闇から撃たれて死ぬのは惨めだ。せめて引き金を引きながら死にたい。そう行かないのが戦場だけどね」

「大丈夫ですよ。うちの隊長は、昨日は落ち込んでいたが、あれで山ほどの修羅場を潜《くぐ》ってきた男ですから」

「そう頼みたい。降下ポイントを検討しよう！　出迎えの配置が必要になる」

　何か仕事をさせるのが、一時的な解決策になる。それは対処療法に過ぎず、PTSDの根治治療とはほど遠かったが、今は立ち直って、しゃきっとしてもらう必要があった。

　自分から、作戦の手配を語るのは、悪い傾向ではないと原田は判断した。

　だが恐らく、隊員の過半は、こんな状態だろう。これで戦争をするのは無理があると原田は思った。

第三章　革命の闘士

日越人材ブリッジの代表取締役ディン・レイ・スエンは、代々木は初台に近い自分の事務所にタクシーを呼び、夕飯の差し入れを後ろの荷物室に積み上げてもらった。

香辛料の強烈な臭いが車内を支配する。

「ごめんなさいね。運転を任せる部下の奥さんが急に産気づいたものだから、運び手がいなくなったのよ」

「こりゃ、しばらく他の客は乗せられないなぁ……」

とハンドルを握る個人タクシーの運転手はぼやいた。小柄で、もう髪の毛というか白髪もほとんどない。どうかすると、八〇歳代に見える。タクシーの運転どころか、そろそろ免許を返納した方が良いのでは？　という年齢に見えた。

ナビをセットしてコンパクト・ミニバンのタクシーが走り出す。

「これ、貴方の副業なの？」

「稼ぎとして当然、本業だね。支援者からのカンパで暮らすのは、後ろめたさがあるから。五〇歳を過ぎた辺りで見切りを付けてタクドラを始めた」

「公安部が執念を燃やしてその正体を追跡している過激派の影のリーダーがタクシー・ドライバー

だなんて驚きよね」

「あいつらは、われわれが陽も差さないアパートに閉じこもり、分厚いカーテンを引いて一日中閉じこもっていると思っているから、裏を掻いてやっているのさ。身元がばれても、普通に客を乗せれば、仲間と接触したんじゃないかと、いちいち客の身元まで洗わなきゃならないだろう？　捜査の邪魔も出来る。あんた、ベトナム人だって？」

「民族としてはね。国籍はれっきとした中国人よ。中国の少数民族の一つ」

「ベトナム人は好きだよ。ベトナム戦争の頃が、革命闘争の華だったな。あの頃は、世界は変わる。米帝を打倒して、日本も一から作り直せると素直に信じられたのに」

　ミラー越しに覗く表情は、ただの善良そうなお爺ちゃんだ。生活のためというより、孫がいる爺さんが、小遣い稼ぎに趣味でタクドラをやっているようにしか見えなかった。

「私、日本で暮らし始めて、極左暴力集団という存在を知ってから、ずっと不思議に思っていたことがあるのよ。貴方たちは、暴力革命を否定しないわけでしょう？　高度な理系人材も抱えて、迫撃弾を製造し、弾道計算して米軍基地に撃ち込むだけの技術力もある。だったら、肥料爆弾とか作るのは簡単でしょう？」

「簡単だ。ネット情報なんかに頼る必要も無い」

「ならどうして、それで首相官邸なり、米国大使館なりを爆破しないのよ？　貴方たち、内ゲバに一生懸命で、たまにやることと言えば、迫撃弾攻撃とか、どこかの田舎の送電線にテルミット爆薬を仕掛ける程度の、失礼だけど、子供の遊びみたいなことしかしない」

「うん……。なるほどね。深遠な質問だ。結論から言えば、大衆に受けないからだ。連続企業爆破事件というのが昔あった。サイゴン陥落の前後だ。反省もなくアジア支配を繰り返すあくどい日本企業に天誅を下したつもりでいた。それなりに犠牲者が出たが、ちっとも大衆の賛同を得られなかった。それどころか、われわれは孤立する羽目になった。それで皆、こういうやり方は、西欧型社会では駄目だと悟った。地道に国家を批判し、大衆に言葉で訴えかけるしかないと思った」

「ふーん……。でも、この三〇年も不況に沈んでいるこの日本で、野党の支持も、過激派の支持もちっとも増えないのはどうしてなのかしら？　ジジイな世代がヘルメットを被って要塞に立て籠もっているのは滑稽よね」

「いや、それは公安が流しているフェイク・ニュースだ。若者の面子は増えているよ。ただ彼らは、警察との喧嘩の仕方を知らない。だから、四〇歳代、五〇歳代のベテランが前面に出て相手をする。公安は、その絵をマ、ス、ゴ、ミ、に撮らせて、過激派はますます老いるばかりだと馬鹿にした記事を作らせるんだ」

「なら、実力行使で健在であることを誇示すれば良いんじゃないの？」

「貴重なご意見、有り難うございます……」

とドライバーは、一瞬、頭を下げた。

「その手の議論は、どこのセクトでもやっているわけだよ。ところが、何をやった所で、大衆の理解を得るのは大変だ。それで、たいした戦果も無いのに、公安の締め付けはきつくなるしで――」

「それはまたご立派な敗北主義なこと」

「あんたは勝ち気な人だね？」

「そうよ。私は、潜入スパイとして毎日、公安の影に怯えながら、一方で、ビジネスを成功させた。目標を定めて、人生を成功に導いた。日本の過激派なんて、所詮はただの革命ごっこじゃない。昔、日本潜入を命じられて情報部から集中訓練を受けた時に、彼らのことは協力者と考えて良いのか？と聞いたら、教官は苦笑いしていたわ。彼らは、別に革命を起こしたいわけじゃない。ただ喰うために、公安警察と革命ごっこに興じているだけだと。互いが、互いの存在のために必要だから、革命家の振りをしているだけだ。あれはお芝居。京劇みたいなもので、国民もとっくにそう理解していると。前世紀の話よ？」

「耳が痛いね」

「私がこの国に来た頃は、まだ日本は輝いていたわ。あっという間にこの不況からも抜け出すんだろうと思っていた。永遠に、アジアの憧れの国であり続けるんだろうと。皮肉なことを言えば、貴方たちは、目的を達したのよね。日本は見事に没落した。国民の大多数はその現実を受け入れられずに、今も、世界に輝くニッポン！　とか虚しい雄叫びを上げているけれど、貴方は、革命の目的を達した。ただ自分が支配していないだけで」

「実は時々、そういう話もするんだ。タクシーの初乗りは先進国中、最安。一人当たりのGDPや労働生産性ではもう韓国にすら抜かれた。日本は貧しくなった。日本という国家の解体が目的だったが、われわれはもうそれを達成したんじゃないかと。あとは、財政が破綻して、円という紙幣が紙屑になる瞬間を待つだけではないかとね……。

ところで、首都高に乗って、高速のど真ん中であんたを降ろすのは拙いかね？」

「こういうの、日本語で、何とか言ったわよね？内弁慶？　内弁慶で良いかしら」

「ちょっとずれてはいると思うが、まあ、自分たちの闘争を振り返れば、反省点が無いわけでは無い」

「今回、協力する気持ちになったのはどうして？

下調べは何十年も昔からしていたし、実行するための爆弾だって好きなだけ作れたのに」

「今回は、われわれが自分で手を汚すわけではないし、敢えて動機を言うなら、君たちに背中を押されて、初心に返る気持ちになれたということかな。惰眠を貪る大衆の目を覚まさせる絶好のチャンスだ」

「貴方たちの眼も覚めると良いわね」

「たいした女だ。伊達に長いこと潜入スパイ《スリーパー》をやってないね」

「そういうことよ」

世田谷のアパートに着いて、晩ご飯のパックを降ろす。運転手は、白い手袋をぴったりと両太ものの横に揃えて、「またのご利用をお願いします!」と深々とお辞儀して笑顔で去って行った。

黒い車体だが、まるで鏡のように、ピカピカに磨き上げられている。彼はきっと、このタクシー・ドライバーという仕事に誇りと愛着を持っているのだろうと思った。

人が働き、生きる動機は様々だ。たとえスパイといえども、テロリストといえども。


東シナ海に、夕暮れが訪れようとしていた。沖永良部島《おきのえらぶ》のホテルで、二日間の休暇を貰った乗組員たちが、ランチに乗り込み、沖合に停泊する浮きドックへと向かってくる。

第一潜水艦群のそうりゅう型潜水艦十一番艦〝おうりゅう〟(四二〇〇トン)は、その浮きドックの中で、破損した吸音タイルや何やらの応急修理を受けていた。

通常なら半年はかかる作業を四十八時間でやってのけたのだ。シンガポールへ向かう途中だった浮きドックのガラス張りの作業指揮所では、船体に取り付いていたゴンドラのアームが、次々と壁際に収容されていくシーンを観察することが出来た。

沖合には、彼らの出航後、音響ノイズを計測するための護衛艦が一隻パトロールに就いている。

すでに浮きドックの注水作業が開始されていた。

第一潜水隊群司令の永守智之《ながもりともゆき》一佐は、その状景を見て「凄いな、これだけの作業を本当に二日間でやってのけた……」と驚いた。

おまけに、使った魚雷の補充や燃料・食料も得られた。普段の航海より、明らかにましな食料が積まれていた。リチウム・イオン・バッテリーも満充電。

問題は、攻撃を受けた時に曲がった後部のX舵だ。メーカーの説明では、舵はそもそも、平素の航海時から莫大な圧力に曝されて戦っている。

瞬間的に、その圧力が増して支障が出たとしても、そういう圧力を逃すための〝遊び〟が機能して、徐々に復元した可能性はある。作動時のデータでは、取り立てて不具合は見当たらないという説明だった。

メーカーがノーと言えば、このまま母港へ引き揚げることが出来たが、もちろん、メーカーとしても戦争のまっただ中にそんなことは言えない。

メーカーさんは、後からいくらでも屁理屈を思いつくものだ……。

前潜水艦隊司令官の平賀貞臣《ひらがさだおみ》元海将が、急遽、この修理作戦の指揮を執るために横須賀から派遣されていた。

「本当に、君はまた乗り込むんだな？」

「はい。必要なら群司令として私を解任し、誰かを任命して下さい。自分は、群司令部付とか、肩書きはなんでも良いですから、乗組員とともに戦います」

「それは良いが、艦と運命をともにするんじゃないぞ」

「大陸棚の上では、ほんの百数十メートル沈むだけですよ。自分が艦長なら、ただちにバラストを調整して、海底に着底しつつも、艦首なり艦尾なり、軽い側が水面へと浮くように沈みます。そうすれば、一人でも多く、脱出のチャンスが得られる」

「そんな作業をしている余裕があれば良いがな。君らはすでに結果を出した。酷な命令であることは認めるよ。この後、この戦争が何週間長引いても、水上艦部隊が、君らに勝る戦果を上げることはないだろう。無事に生き残り、孫の代まで、この困難な任務を語り継いでほしいものだ」

全員が乗り込むと、最後に、平賀が乗り込み、発令所に降りて艦内放送のマイクを取った。

「乗組員諸君！　二日間の上陸で、風呂に入り、洗濯も出来たことと思う。これでしばらく陸地とはさようならだ。君らが、次に陸地を拝む時には、この戦争がもう終わっていることと思う。そう期待したい。情報が無かったことで不安になった諸君もいるだろうから、ここで自分が聞いている情報を教える。

陸自は、水機団部隊を魚釣島に上陸させようとしたが、敵の反撃に遭った。どういう反撃かは、君らの任務にも関わることなので、後で情報を回す。それで、数十名の犠牲者を出した。オスプレイ二機が墜落し、乗っていた隊員が死んだ。海では、君らの活躍によってこちらが優勢だが、陸地は、いろいろあって一進一退だ。諸君らの無事な生還を祈っている。以上だ。良い航海を――」

マイクを航海長に渡しながら、「航海長はどんな休日を？」と尋ねた。

「はい。乗組員一人一人と面談し、それ以外は、任務報告書の追補と修正に追われておりました。しかし、洗濯する暇はありました。おかげさまでリフレッシュできました」

〝おうりゅう〟副長兼航海長の新藤荒太《しんどうあらた》三佐は、笑顔で応じた。

「しかし、髭は剃り忘れたようだな。私も君くらいの頃が一番忙しかったよ。上陸しても寝る暇は無かった。では艦長、群司令、よろしく頼むぞ」

平賀が司令塔へとラダーを昇っていく。出航したら、直ちに潜航してノイズ・テストだ。それで問題無ければ、また戦場へと突っ込んで行くことになる。

水上でまた何か起こるとすれば、それに間に合うことを祈るしかなかった。幸い、自分たちを発見した哨戒機は、味方が撃墜してくれたが、同様の機体はまた飛んで来るだろう。

どうやって躱《かわ》すのか、残念ながら、これという名案は無かった。

潜水艦〝おうりゅう〟をLiDARで発見追尾し、攻撃して痛手を負わせた中国海軍のY‐9X哨戒機は、攻撃の直後、航空自衛隊のステルス戦闘機に撃墜された。

荒れる海に不時着した後、脱出しそこねたパイロットを除く乗組員は、夜明けまで漂流した後、幸い海上保安庁に救出されたが、今度は、収容された巡視船が、味方の潜水艦に攻撃され、魚雷一発で沈められた。

再び漂流する羽目になり、また還らぬ乗組員が出た。だが、戦術航空士であり、このテストベッド機の開発者らは、海上自衛隊の飛行艇に救出され、その日の内に、ロシアのチャーター機で成田から中国へと生還した。

そして、出撃した寧波《ニンポー》海軍飛行場へと戻ることが出来た。

昨日は、強制的に休みを取らされた。軍医の命令で、睡眠導入剤を服用して眠ることを命じられた。

といっても、基地の外には出られないし、基地関係者とも極力接触を避けて感染に気をつけていたので、エプロンに建てられたテントの中のきしむ簡易ベッドでの睡眠というか仮眠だった。

だが、疲れは取れた。体重は、明らかに減っていた。出撃時より全員、五キロは体重を落としたような感じがしていた。

眼が覚めたら、今度は、軍医の「食べろ！」攻撃だった。高カロリーな食事を次から次へと取らされた。

普段は、体型維持のために避けている脂っこいものや、糖質食品をたらふく食べるよう命じられた。基地の外の街がほぼ完全にロックダウンされている状況なので、たいした料理が出るわけではないが、基地側が無理してそれを用意してくれていることはわかっていたので、皆、我慢して食べまくった。

日中、新しい機体、Y－9Xの二号機で二度飛んでみた。パイロット・クルーと信頼関係を築き、システムの調整をするのが目的だった。

クルー同士の信頼関係は、この際二の次で良い。今は戦時だ。信頼できようが出来まいが、飛ぶしかないのだ。問題はシステムだ。合成開口レーダー、逆合成開口レーダーは微調整が必要だし、AESAレーダーは繊細。何より、LiDARの調整は酷かった。

地上目標をLiDARで走査して、校正作業を行う必要があったが、お話にならないレベルだった。レーザーなのに、高低差一〇メートルすら読めないのだ。

国内の天才数学者を集めたS機関から派遣された天才数学者張高遠《ツァンガオユエン》博士が、システムのマニュアルを一から読み直し、その難問と取り組んでいた。

ハンガーの中に設けられた巨大なテーブルの上に製造マニュアルを何冊も広げて、張博士が時折メモを取りながら、頁を忙しなく捲っていた。

「LiDARの基本構造をたった数時間で理解するなんて、いくら天才君でも無理じゃないの？」

早期警戒機KJ－600（空警－600）を指揮する浩《ハオ》菲《フェイ》海軍中佐が、その横でコーヒーを飲みながら言った。

「いえ。すでに乗り込んだ時点で半分は理解していたし、LiDARと言っても、構造は電子レンジと一緒ですよ。レーダーと電子レンジは同じものだと言ったら怒りますか？」

「そんなことないわよ。マグネトロンを使う部分では同じだし、電子レンジはそもそもレーダーから生まれたようなものだし」

「じゃあ、そういうことです。搭載されていた製品が同じものなら、校正作業で必ず是正できる。本来は、日数を掛けて何回もフライトして修正するものだそうですが」

「一番機が撃墜された時、それでも潜水艦を発見に至ったのはLiDARのお陰だったとわかって、慌てて装備させたのよ。それまでは、装備するためのねじ穴が開けてあっただけですから。こんなに上手くいくなんて誰も思わなかった。貴方のお陰よ。ご褒美はもう受け取ったわね？」

中佐は、意味ありげにウインクした。

「え？　ええまあ……。お国のため党のため、更に精進します！」

「全く、貴方みたいな天才でも、結局はただの男なのよね。その天才的な頭脳は、下半身の衝動によって支配されている」

「ひょっとして、ずっとそれ言われるんですか？　一日に四回も死にかけたんですよ？　飛行機が撃墜されて荒れる海の暗闇に放り出され、ラフトで死にかけ、やっと助け出されたと思ったらまた沈められ、さらにラフトで死にかけ、中佐もあのラフトをほんの三〇分体験すれば良かったんですよ。鮫でも現れて、いっそがぶりと胴体を引きちぎってくれればどんなに楽かと何十回も思いましたよ」

「ええ。勲章を申請しときますから。S機関の玄関に、人民英雄のレリーフを飾らせるわ」

浩中佐が開発する空警-600の副操縦士秦怡《チンイー》大尉、そして張博士とラフトで死にかけた鍾桂蘭《チォンクイラン》海軍少佐が連れだって現れた。

「面白い写真が日本で出回ってます」

と秦大尉が、パソコンのキーボードを叩いて、アメリカのSNSサイトを表示させた。

「F-15EX　RISINGSUN、とあった」

「噂のEX戦闘機ね。しかもアムラームをフル装備。このペイントは何？　あのほら、韓国人が戦犯旗と呼んで騒ぐライジング・サンのペイントなの？」

「そうらしいですね。背面はノーマル塗装。なぜか腹側だけ旭日旗模様に塗っている。この一機だけのようですが、ノーマル塗装のEX戦闘機が今、北関東の百里基地に続々着陸しています。空軍の情報部がフォローしてますが、SNSに上がっている写真に写り込んでいるレジ・ナンバーから判断すると、全米の州空軍部隊から、EXが飛んで来ているそうです」

「それってどういうこと？　いよいよアメリカが参戦してくるという話なの？」

「いえ。たぶんスパイ情報だと思いますが、そうではなく、米政府が、州空軍が使用しているＥＸを日本に売ったようです」

「それは無茶よ。いくらイーグルの名前が付いているとは言え、今から慣熟訓練したところで、まともに戦えるようになるまで一ヶ月は掛かるわよ。三日や一週間でどうにかなるとは思えないけれど」

「やるんじゃないですか？　戦争ですからね。それに、最新型だから、それなりにパイロットのワークロードも減っているだろうし」

「そんなの信じないわよ。システムが新しくなればなった分、人間のワークロードが増大するのが現実よ。でも、さっきの、旭日旗の写真をもう一回見せて頂戴……。これ何発積んでいるの？」

「一六発のはずですね。全てアムラーム・ミサイルです」

「一回で二発ずつ撃ったとしても、八回も交戦できる。化け物ね。何というか、フルアーマー・イーグルとでも言えそうな」

「一応、名称は〝イーグルⅡ〟ですけどね」

「こんなのが出てくるんじゃ、われわれに勝ち目なんてないですよ……」

張博士が、ぽつりと言った。

「あら。天才君は、どうしてそう思うのかしら？」

「われわれの優位は何ですか？　数ですよね。数だけだ。ロシアのフランカー戦闘機を劣化コピーしたＪ‐11戦闘機に、イスラエルの技術をパクったＪ‐10戦闘機に、僕みたいな素人が見ても、絶対ステルスじゃないＪ‐20！　あんなのをステルス戦闘機だなんて言い張るのは、ステルスという概念に対する酷い冒瀆です。

　それが、数で言えば、日本プラス台湾空軍より勝っているというだけでしょう？　一方、台湾空軍には、F‐16戦闘機の最新型であるF‐16Vがいる。AESAレーダー装備で、対空から対艦までなんでもこなすマルチ・ミッション戦闘機だ。そして日本には、老兵とは言え、二〇〇機もヘビー級戦闘機のイーグル戦闘機があり、これもAESAレーダー装備のF‐2戦闘機が百機、その背後に控えている。挙げ句に、F‐35ステルス戦闘機。そりゃ、J‐11とイーグルは互角かも知れないが、F‐16VとF‐35戦闘機は別格だ。F‐35戦闘機には、僕自身撃墜されましたけどね。それに、このF‐15EXだ。従来のイーグル戦闘機とは別物なんでしょう?」

「そうです。さすが宅男《オタク》さんね」

「そんなのググれば、台湾のサイトにいくらでも出て来ますよ」

「これまで、われわれにとって最大の脅威だったのは、沖縄嘉手納基地に配備されている米空軍のF‐15〝ゴールデン・イーグル〟でした。AESAレーダー装備。最新のミッション・コンピュータを搭載し、IRSTポッドにも対応した。このEXは、そのゴールデン・イーグルの経験の集大成とも言える。何もかも、別物の機体よ」

「僕が数学的評価を下すところでは、F‐35戦闘機は、明らかに、たった一機でも脅威だ。たぶん一機で四機分もの働きをしている。中佐ご自慢のデュアル・バンド・レーダー装備の空警機が前に出られないんじゃ、このF‐35を発見することも出来ない。そして、敵側には、巨大なAWACSがいて、こいつは高高度を飛びながら、大出力のレーダーで見張っている。遥か後方に控えていても、何もかもお見通しだ。さらには、沖縄からは、E‐2D〝アドバンスド・ホークアイ〟がひっきりなしに飛んでくる。この機体のレーダーなら、仮にJ‐20が本物のステルス機でも、たぶん丸見えのはずだ。そうですよね？」

「ええ。Ｅ‐２ＤのＵＨＦ波レーダーにＪ‐20は映る。私自身が実験したから間違いないわ」

「第二次世界大戦以降、近代国家同士の戦争の勝敗は、航空優勢で決まった。そうでなかったのは、ベトナムとアフガニスタンくらいだけど、これはゲリラ戦で勝利したケースだ。

この十日間の戦いだけ見ても、われわれが叩き墜した敵の戦闘機の数は僅かだ。台湾空軍の旧型戦闘機をほんの十数機程度。日本のＦ‐35戦闘機を一機でも撃墜しましたか？

われわれは全然勝っていないし、中佐の機体が今ここに一〇機くらいないと、今後勝つ見込みも無い。日台相手だけで、これだけ苦戦しているんですよ。アメリカは参戦したわけじゃない。われわれのためにロシアが参戦して、スホーイのステルス戦闘機を飛ばしてくれますか？　はっきり言って、現状は、スパコンを使う相手に、算盤《そろばん》で挑んでいるようなものだ。軍は、勝ち目がないという現実を認めるべきだ」

皆、黙り込んだ。重く沈んだ空気が支配した。

「……、正直、ぐーの音も出ないわね。一応、私は反対したわよ？　うちの空警部隊の現状では、日本のステルス戦闘機を確実に発見するのは無理だから、せめてもう一、二年待てないかと。誰の都合で始まったのか知らないけれど」

「こっちはもう百機以上、戦闘機を失ったんでしょう？　僕は、潜水艦探知のためのＬｉＤＡＲのアップグレードに呼ばれたのであって、空軍戦略の専門家でもないですけどね。日本の軍艦を拿捕したのが事実なら、それを戦果にしていったん停戦すべきだと思いますね。台湾攻略は、もう少し実力を身につけてからでも遅くない。今回の戦いで、わが解放軍の弱点もだいぶ見えたでしょう。

犠牲は無駄ではなかった。これ以上、戦闘機を減らしたら、部隊の再建には何年も掛かるでしょう。パイロットも戦闘機も地面から涌いて出るわけじゃない」

「それでもやるしかないわね。このEXは、F‐35に近いセンサーフュージョンの技術を持っている。でも、F‐35ほどの脅威ではないでしょう。そのF‐35も、私の機体が前線に出れば見える」

「たった一機、二十四時間飛べるわけでもないのに……」

「頑張るわよ。それに、貴方たちが頑張ってくれて、大陸棚から日本の潜水艦を排除できれば、艦隊はもう少し沖に出られる。空と海で制空権を保持しつつ戦線を押していけば、制空権は維持出来る。ああでも……、やっぱりこれ悪夢よね。ステルス戦闘機とは別物の悪夢だわ。ミサイル一六発積んだ戦闘機が空中給油を受けつつ、上空で哨戒待機し続けたら、これは、ちょっとしたミサイル母艦になる。ほんの四機編隊で六四発もの長射程空対空ミサイルよ。イージス艦が一隻、そこに控えているようなものだわ。しかもイージス艦と違って、ほんの五分で、目の前に現れる。でも、もしこのライジング・サンのEXが現れたら、ぜひ撃墜したいわね。士気が上がるわ」

浩中佐は、珍しく不快な表情でその場を去り、エプロンに駐めた自分の機体へと歩き出した。それを秦大尉が追いかける。

「僕、何か拙いことを言っちゃいましたかね？」

と、鍾少佐に聞いた。ともに漂流し、死線を彷徨《さまよ》った。今では、親子より強い絆で二人は結ばれていた。

「いえ、博士。貴方はただ、私たちが見ないことにしていた冷厳な現実を指摘しただけよ。数学的データを上げなかっただけ、まだましよ」

「え？　確率計算が必要なら出しますよ。簡単な数式です。たぶん、勝率としては、十数パーセントのレベルだと思いますが」

「やめて頂戴。傷口に塩を塗り込むようなものよ。私たちは、自分に課せられた範囲内で出来ることをするしかない。私たちの新しい機体は、なんというか、何のソフトもインストールされていない初期出荷状態のロボットみたいなものよ。普段なら何週間も掛かる立ち上げ作業を一日二日でやらなければならない。不慣れなクルーを教育しつつ。まともに動くのは、電子光学《ＥＯ》センサーくらいのものね。合成開口レーダーも、まだまだ調整がいる」

「それ、後回しで良いですよね？　われわれは空中戦をするわけではないし、合成開口レーダーで潜水艦を発見するわけでもない。だから合成開口レーダーやＡＥＳＡレーダーは後回しにして構わないでしょう。最優先すべきは、ＬｉＤＡＲと、ＥＯセンサーだ」

　ＬｉＤＡＲは切り札だ。本来は、考古学調査等で、森の木々の下の地形を精確に読み取るために使われる。だがこれを海上に応用すると、海面の僅かな盛り上がりを読める。

　数千トンの潜水艦が浅い海を航行すると、巨大な排水効果が発生し、海面にそれなりの盛り上がりを作るのだ。ＬｉＤＡＲでそれを検知できれば、真下に潜水艦がいるということになる。

「そうね……。自機を守るためにＡＥＳＡレーダーはちゃんと動いた方が良いけれど、潜水艦捜索に特化するなら、ＬｉＤＡＲと、水面の熱反応を見るためのＥＯセンサーよね。作業を絞りましょう。博士の作業はどのくらいで完了するのかしら？」

「墜落前に書いてぶちこんだ方程式はもう入っている。でもこういうシステムの校正作業って、たぶんに職人的な作業ですよね。あんまり得意じゃない」

「また、ご褒美を上げるわよ……」

と鍾少佐は耳元に唇を寄せて妖しく囁《ささや》いた。天才博士は、顔を真っ赤にして「頑張ります！」と二度三度と激しく頷いた。

まだ二十歳を僅かに過ぎたばかりの天才青年の頭脳は、ここ数日、下半身の性的衝動に乗っ取られていた。


第一水陸機動連隊を率いる白馬剛《はくばごう》一佐は、V-22オスプレイ輸送機から、隊員らが一本の太いロープを頼りに次々と降りてくる場面を双眼鏡で観察していた。

隣で、最先任上級曹長の難波武次郎《なんばたけじろう》准尉が、腕時計で時間を計っていた。

周囲、三六〇度が海だ。オスプレイの発進基地として利用した硫黄鳥島《いおうとりしま》は、奄美諸島徳之島のほぼ真西に浮かぶ。奄美に近い無人島だが、ここは沖縄県最北端の島である。

水平線上に他の島は見えない。

「どんなもんだい？　難波さん」

「さっきより七秒縮まりました。一人躓くと、後がつかえる傾向がありますね」

「俺たちさ、一応、オスプレイからのファストロープ訓練やったよね？　何年も前からやっている」

「いやぁ、あんなのはやった内に入らないでしょう。ただの真似事ですよ。せいぜい鉄砲だけ担いで、身軽で降下するだけです。それも落下しても無事な地表付近で。三〇キロの背嚢担いでのファストロープ訓練は、滅多にできやしません。訓練自体が命懸けになる」

事実、すでに二名が降下中に落下し、ヘリで徳之島の病院へと運ばれていた。これぱかりは、オスプレイでやろうが、ブラックホークでやろうが同じだ。

ファストロープは、ホバリング中のヘリから素早く地面に降下できるのが利点だったが、ハーネスの類いで身体が確保されているわけでもない。ロープから手が離れたら、それでお終いだった。

「民間人が宇宙旅行する時代に、こんな危険な降下方法しかないってのは問題だよな。いくら軍隊だからってさ」

「しかし、それが軍隊ですからね」

「タイムアップだ！　ここいらで切り上げよう。全員、背嚢を背負った状態で二回ずつはやった。本番では、これを暗闇でやる必要があるが、ある程度の負傷者が出ても仕方無い。脊髄をやって半身不随とかにならないことを祈ろう。われわれが行かなきゃ台湾軍がやって来て、陸自の面子は丸つぶれになる。水機団長が幹部ご一行様連れて捕虜になったというだけで赤っ恥掻いたのに、これ以上の恥辱は許されないぞ」

「同感です。できれば、捕虜の奪還作戦などやりたいところですが」

「全くだ。それだけの実力が無いのが悔しいよ」

隊員を乗せたままのオスプレイが、まるで高原のような開けた台地に降りてきて着陸し、隊員を全員降ろして飛び去っていく。魚釣島まで、ここから五〇〇キロはある。先に燃料補給が必要だった。

もう夕暮れが近い。ここにいる隊員らは、二日前、上陸する寸前に引き返す羽目になった連中だ。思いは複雑だろうが、二日前に出来なかったことをやり遂げて、戦死者の仇を取るしかなかった。

百里基地では、百里沖の訓練空域に出ての模擬空戦が行われた。参加した八機のＥＸ戦闘機は、百里に到着したままのフル装備状態で離陸した。日本人パイロットによる操縦での離陸だった。

新庄一尉は、空域に出るまでは、離陸を含めて、これまで自分が乗ってきたイーグル戦闘機と全く同じだと思った。液晶画面に表示される計器類も、デザインが違うだけで、ただの飛行機のそれだ。

だが、空対空モードに入った途端、少しパニックを起こしかけた。モニターの情報がいっぺんに頭から抜け落ち、思考が真っ白になった感じがした。何か、機体ごと雲中に突っ込んだ感じがした。

どうにかやり終えたが、全ての作業が、自分が乗っていた機体の一〇倍は時間が掛かっていた。酷く惨めな気分で、夕暮れ時の基地へと着陸し、コクピットを降りた。

「腐ることはないわよ、アイちゃん。私も初めて乗った時は、貴方と同じだった。いえ、Ｃ型からの転換だから、たぶんもっと酷かったわね。貴方の若さなら、すぐ慣れる。そして以前の勘を取り戻すわ」

後席からアドバイスをくれたエルシー・チャン少佐が慰めてくれたが、落ち込んだ気持ちはちっとも晴れなかった。こんなことに手を上げるんじゃなかったと後悔し始めていた。

エバンズ中佐が自転車に乗って現れ、「エル、どうだったね？」と聞いた。

「ええ。出だしとしては優秀よ。初めてＥＸに乗った時、中佐に『ここで緊急脱出《ベイルアウト》して良いか？』と喚いた私より遥かにまし」

「まあ、最初は戸惑って当たり前だ。すぐ乗りこなすさ。ちょっと内輪の話があるんだが？」

と中佐は少佐を主翼の後ろへと誘った。

「君たちのここでの予定だけど、二、三日訓練に付き合って帰国することになっていたが、しばらく延びることになった。事情は良くわからないんだが、日本政府から、もう少しいてくれないかという要請があり、ホワイトハウスがそれを飲んだらしい」

「あら、そうなの。息子を保育園に預けたままだわ」

「そうなのか？」

「冗談よ。母に預けて来たから何の心配もない。でもその話、私は最初からそうなると思ってましたけどね。空自として、不安になったということかしら」

「そういうことじゃなくて、日本政府として、快く思っていないらしいんだよ。本来なら、ＥＸ部隊としてアメリカが参戦というか、日米安保が発動されてしかるべきなのに、こんな時にアメリカは同盟国の足下を見て、高価な兵器を欲しければ買えと言ってきた。ガイドブックを付けただけで。せめてセールスマンとしての礼儀を尽くせということらしい」

「それは当然よね。私だって、州兵として参戦する覚悟を決めてたのに、待てど暮らせど一向に命令が出ないんだもの。そりゃ、長年の同盟国に失礼よ」

「だから、最悪の場合、このまま後席として出撃することになるかも知れない」

「望むところよ。香港の自由を踏みにじった共産主義者を叩きのめしてやるわ。でも、どうせなら、前席パイロットとしてフルで戦いたいわね」

「君ならそういうと思った。一応、これは義勇兵という形になるので、拒否する権利があるから、パイロット一人一人に意思を確認しているところだ。今のところ、拒否した者は一人もいない。全員、中国空軍と戦いたくてうずうずしているよ」

仲間の整備兵がハンガーから出て来た。ハワイから遅れて出発した整備クルーたちだった。彼らも恐らくは、しばらく日本に留まることになるだろう。

だが、問題は展開する場所だな、と思った。那覇基地はもう自衛隊の戦闘機や哨戒機で一杯だ。かと言って新田原基地は遠いし狭い。魚釣島まで一千キロもある。理想的なのは、米空軍部隊が逃げ出した嘉手納基地だが、そうすると、これは義勇兵ではなく、単なる、アメリカ軍の参戦と受け取られることだろう。

「嘉手納しかないわよね？」

「俺もそう思うけどねぇ……。日本国内にある基地なのにさ、肝心の時に米軍基地だから使えない、使わせないとなったら、逆に変な話だよね。いくらなんでも、新田原《にゅうたばる》や築城《ついき》は遠すぎる。そこいらへんのことを上とちょっと話してみるよ」

「そうした方が良いわ。さあ、アイちゃん！　ご飯よゴハン。コシヒカリ、アキタコマチを食べまくりましょう！」

滑走路上に轟音が響く。後続のＥＸ編隊が着陸してきたのだ。今夜中に、一個飛行隊プラス・アルファの機数がここ百里に展開する予定になっていた。

百里に遅れることおよそ一時間後、日没を迎えた魚釣島でも、小さな動きがあった。解放軍の手により、翼を持った手投げ式の偵察用ドローンが発進していた。

だが目指したのは、島の西側ではなく、解放軍が陣取る島の東端沖五キロにある、北小島南小島だった。

姚彦《ヤオイェン》少将が岩場に腹ばいになり、暗視双眼鏡で、そのドローンが飛び去った方角を見遣っていた。

本国からの情報では、ここに敵の迫撃砲部隊が上陸したはずだが、すぐ偽装ネットが張られたため、衛星ではよく見えないという話だった。

旅団情報参謀の戴一智《タイイーチィ》中佐が隣で同じく、暗視双眼鏡を覗いていた。

「君には見えているか？　私はもう老眼だ。あっという間に視界から消えたよ」

「いえ、すでに自分にも見えておりません」

「妨害は受けないのだな？」

「少なくとも乗っ取りは無理です。自動航法で、北斗衛星の位置情報を頼りに飛び、北小島の真上三〇〇メートルを通過し、いったん東側へ抜けた後、また今度は南小島の真上を横切って戻ってくるだけです。その間、一切無線信号は発しません。赤外線カメラが地上を撮影するだけです。発進した場所にピンポイントで突っ込んではくるものの、恐らく着地の衝撃で機体そのものは破壊されるので、データを回収するのはちと大変ですが、再利用は難しいでしょう」

「しかし、北小島は、比較的平坦な地形で、木も生えていないが、何も見えんな……」

「はい、赤外線を回避するタイプの偽装ネットでしょう。あの下に、迫撃砲部隊が展開しているのは間違いありません。恐らく、一二〇ミリRT。ここまでの射程距離はぎりぎりですが、恐らく射程延伸弾も持ち込んでいるはずです」

「なぜ撃ってこない？　一二〇ミリRTをバカスカ撃てば、この辺りを更地に出来るぞ」

「陸上部隊の支援砲撃に備えているのでしょう。あるいは、彼らも捕虜を取りたいのかも知れませんね」

「いいねそれ。京都観光とかさせてもらえそう

だ」

「自分もです。自分は一度、横浜の中華街を覗いてみたいと思っておりました。あそこは中国人が訪ねると、不思議な感覚に見舞われるそうです。中国であって中国では無い。まるで映画のセットのような、何か人工的な中国の雰囲気が味わえると……」

　突然、北小島の近くで、何かがパッと明るく燃え、海面へと墜落して行った。

「何だ？　あれ。火が点いて燃えたぞ……。まるで電子レンジのビームを浴びたような感じだった」

「かなり強力なドローン・ディフェンダーですね。覗かれたくないということでしょう。空母攻撃用のミサイルを一発、発射してもらいますか？　たぶん一発で十分だと思いますが」

「いやあ、そりゃ撃ってくる迫撃砲陣地は脅威だが、そんなものを潰すために弾道弾を使うのはオーバーキルという奴だ。どうせイージス艦のミサイルで迎撃される。それに、残念だが、こっちの迫撃砲弾は届かないな……。敵の出方を見よう。それに混戦状態に持ち込めば、迫撃砲は使えない。それに捕虜も取っていることだしな」

「はい。彼らは捕虜がどこに収容されているか、正確には掴んでいないでしょうから」

「済まん。ドローンは勿体無いことをした」

「いえ。どの道、あのタイプはここでは使い道はありませんでしたから」

　姚提督は、静かに後退して起き上がった。さすがに今夜辺りは、台湾軍なり自衛隊の増援が入って仕掛けてくるだろう。それに備えねばならなかった。

第四章　越後屋

陸上自衛隊初のサイバー戦部隊を立ち上げた直後に制服を脱いで民間に転じた井藤浩元《いとうひろし》一佐(工学博士)と、阿相総理の間には、共通の趣味があった。

パナマハットだ。二人とも、高級ブランドで知られるボルサリーノのパナマハットの愛用者だった。

総理大臣執務室のソファ・セットに腰を下ろして向き合うと、阿相は、「見せてみろ」と井藤のパナマハットを被り、御影石のテーブルに自分の顔を反射させて覗き込んだ。

「ふん……。悪くは無いなぁ。だが、毛がある分、俺の方が二枚目だぞ」

井藤は、帽子を脱ぐとつるつる頭だった。それが彼のトレードマークで、一度会った人物は、二度と彼のことは忘れない。

井藤は、華麗なる渡り人生を送っていることで有名だったが、最近は、経産省傘下のとある研究所の参与の名刺を持ち歩いていた。

自衛隊を辞めてすでに一〇年以上経つのに、未だに政府のセキュリティ・クリアランスを持ち歩く怪しい男として斯界では認知されていた。

滅多にメディアに出ないが、斯界で彼の名前を知らなければ潜りだ。

テーブルに鰻重セットが広げられると、秘書官が出て行く。出て行く前に、壁の四隅に設置された四基のスピーカーの電源を入れた。やたら早口な落語と、日本語のラップ・ミュージックが流れ始めた。

煩《うるさ》いというほどのボリュームではないが、苛つくノイズだった。

「晩飯はまだだろう。喰っていけ」

「総理、ここまでなさる必要が……」

と警察庁関東管区警察局・サイバー局参与の柊木尚人《ひいらぎなおと》警視長が、その盗聴防止に苦言を呈した。

「オメーさん、それでよくサイバー直轄隊の幹部が務まるな」

柊木は、拙いことを口走ったと後悔を顔に出した。

「俺が前回、腰掛けでこの部屋から追い出された直後にさ、スノーデンが暴いたわけよ。ＮＳＡは、総理時代の俺の携帯をハッキングしてた。メルケルの携帯もだ。メルケルは頭にきて、米帝に、こんな無礼なことをするならファイブアイズに入れろ！　と要求したが、オバマは鼻で嗤って拒否した。米帝は、俺と銀座の姉ちゃんのピロー・トークを盗聴してたんだぞ？　愛人との秘め事を盗み聞きするなんて、そらもう人として一番やっちゃいけないことだろう！　なあ越後屋？」

「はい、お代官様。どんな世界にも、超えては成らぬ一線がございます！」

井藤は箸を手にしながら芝居がかった態度で、深々と頷いた。

「うん。それで最近、景気はどうよ？」

「ボチボチですなぁ。以前は、そろそろどこそこを辞めるからと噂を流すと、外資系を含めてすぐ二、三社からお呼びが掛かったのですが、最近はなかなか」

「右も左もわからん部下を放《ほう》って制服を脱いだ罰を受けろ。お前が悪いお手本になったせいで、あのサイバー戦部隊じゃちっとも人材が居着かないそうじゃないか。肩書きを手にした途端、民間へと辞めていく」

「そんなことはございません。さすがにこの不況では、陸自でサイバー戦部隊にいたからというだけでは、自分のような華麗な再就職は無理です」

「そろそろ本題に入ってよろしいですか」

と柊木がブリーフケースに手を伸ばした。

「オメーさん、鰻嫌いなのか？」

「いえ。しかし職務中でありますので」

「へぇ……。俺が出したものを食えないのか？これさ、国産の鰻なんだぜ。それも九州は大隅産の最高級だ。まあそこの鰻の九割は、本当は外国産だけどな、俺が買っているのは、本物の国産、しかも天然もの。志布志《しぶし》湾に注ぐ清流で獲れたぴっちぴちのシラスから育った。こいつは身が締まっててな、俺のポケット・マネーで買ったんだ。シーズンには、たまに航空便でシラス丼も送らせるんだが。次は昼飯時に来い」

「ああ、では遠慮無く頂きます！」

柊木が慌てて箸を手にした。

「申し訳ありません、お代官様。まだ若輩者故、われら上級国民の雅なお付き合いのいろはが身についておりませんでして。これはまた舌がとろけそうでありますな……」

井藤が、じわりとタレがしみた蒲焼きに手を付けながら詫びた。

「うむ。苦しゅうないぞ。大義なく務め上げれば、警視総監に引き立ててやる。して、今宵は何事じゃ？」

「はい、敵の攻撃が迫っております」

「攻撃なら、とっくに実弾が飛んでいるけどな」

「最近、中国がご執心の〝超限戦〟という奴です。通常戦、外交戦、心理戦、金融戦、諜報、法律、もちろんネットワーク空間や宇宙に於いても、ありとあらゆる空間で闘いを仕掛けて敵を屈服させる。戦闘員や非戦闘員の区別は無くなり、ここからここまでが戦場で、ここから先が非戦闘域であるなどという境界線も曖昧になります。

　さて、無人島で実弾が飛んで死ぬのは兵隊だけです。近代国家でサイバー攻撃を食らえば、社会が壊死します。心臓は止まり、動脈も流れず、あっという間に呼吸困難に陥り、社会は脳死します」

「証拠はあるのか?」

「はい。われわれが〝セディメント・ダム〟と名付けているトラップがあります。これは堆砂《たいさ》して使いものにならないダムのことを言うのですが、見た目は、普通のダムだが、実際はもうダムとして機能していない。そういう仕掛けを、国内何カ所かの電源施設に設けております。もちろん仮想上のダムです。しかし外から見ると、稼働中の原発や火力発電所に見える。データは絶えず上書きされ、変動し、いかにも本物に見えるように偽装してあります。そこには当然、絶えず、ひっきりなしに世界中のハッカーが攻撃を仕掛けてきます。システムを暴走させようと試みたり、ロックして身代金を取ろうとする奴らです。中には、何の目的で置いているのか今はわからないファイルをそこにそっと置いていくだけの連中もいる。

　ここ数日、その手の物言わぬ侵入が増えてきました。どこかから、ある瞬間に目覚めることを狙って大量の攻撃が仕掛けられている。

　われわれは、長いこと時間を掛けて、ホワイトハッカーをあるハッカー・グループに潜入させることに成功しました。ウクライナのサーバーを拠点に活動していますが、実態はロシアです。ロシアのハッカー・グループ。あるファイルを様々な重要インフラのサーバーに名前を変えて置いている。最近流行のメモリ型攻撃のパターンも見られます。ファイルとしてではなく、メモリ上に展開される。ファイルレス・マルウェアと呼ばれるものです。これは、捜索が困難で、挙動前にそれを発見して駆逐するのは至難です」

「そのロシアの連中は、中国の息が掛かっているのか？」

「いえ。彼らにとっては単なるビジネスですから、金さえ出せば、われわれからの依頼だって引き受けるでしょう。中国が金を払って雇っているだけです」

「して越後屋、策はあるのか？」

井藤が視線を向けると、柊木がようやくブリーフケースからペーパーを数枚出して、総理の前に置いた。

〝利根川を良くする協議会〟〝綺麗な荒川を取り戻す会〟〝四万十川の清流を守る委員会〟等のタイトルが書いてあった。

「これ、何か意味があんのか？　だいたい、〝多摩川に鮭を呼び戻す会〟とかさすがにこれ無理だろう？」

「はい。多摩川でもたまに迷い鮭の遡上が確認されますが、多摩川では鮭は外来魚です。しかし実際に、多摩川に鮭を呼び戻そうという運動はあるみたいです。日本の河川は、インターネットの構造に似ています。一本の太い本流があり、無数の支流がそれに繋がっていて、所々は運河によって隣の川とも結ばれている。その大事な河川を守ろうという運動です」

「これ、お前さんが3・11の大災害の直後に始めた奴だろう？」

「あの大震災の直後、さまざまな会社で、いわゆるＢＣＰ、ビジネス・コンテニュー・プランが議題となりました。自分は、サイバー攻撃による社会や国家の事業継続こそ最優先課題だと認識して、各部所や民間も交えて、勉強会を催してきました。その結果がこれらの河川保護運動として結実しつつあります。政府継続計画、いわゆるＣＯＧ。コンテニュー・オブ・ガバメントと呼ばれております」

「上手く行く自信はあるのか？」

「出来ることはだいたい網羅したつもりですが、成功するかどうかは、まず実際に攻撃を受けてみませんと、何とも言えません」

「これは、当然、サイバー攻撃だけでは済まないんだろう？」

と阿相は警視長を睨んだ。

柊木が頷きながらごはんを飲み込んだ。

「はい、超限戦にはテロ活動も含まれます。まだ噂レベルでありますが、テロの実行グループが、海外から入ったのではと思われるふしがあります。それをサポートする国内の極左グループがいるようだと」

「噂？　あやふやだなぁ……」

「残念ながら、公安情報というのは、大なり小なりそういうものです。あまりしつこく探ると、蜃気楼のように敵は逃げ出すので。引き続き、細心の注意を払ってフォローさせております」

「それ、爆弾とか使って、電話線を切る奴か。守り切れるのか？」

柊木が、更にもう一枚のペーパーを出した。

「〝道頓堀浚渫の建白書〟？……。あんなどぶ川無理だろう」

「ここに、最重要防護施設や、重点的にパトロールを行うべきリストの、ごく一部を書き込んであります。調べ上げた限りでは、都内だけで数千箇所に及ぶのですが、この資料はハッキングに備えてデータとしては存在しておりません。基本的にプリントした紙を回すようにしております」

「まあ、その数を制服警官で守るってのは無理があるよな。うっかりブラックアウトでも起これば、警察はそれどころじゃなくなる。電力会社は対応出来るのか？」

「材木問屋さんとは密に連絡を取り合っていますが、難しいとのことです。つまり以前、北海道で発生したブラックアウトのように、何処で何が発生すればブラックアウトに至るのか完全に潰した自信はないそうで、さすがにたった一箇所の変電所が攻撃を受けた程度ではそれは起きないだろうが、ほんの二、三箇所の変電所が同時攻撃を受けた場合に起こる事態に関しては、予測不能なケースはありうると」

と井藤が説明した。

「俺は何をすれば良い？　マグライトと電池、モバイルバッテリー複数に——」

「ビッグバンが起こった後に携帯が繋がるかどうかはわかりません。その辺りは、ハイブリッド戦の概念としても難しい所でして、情報遮断はハイブリッド戦の第一歩ですが、しかし同時に、偽情報を拡散するためには、ネット網が必要不可欠です」

「それと水は、ペットボトル4、5本は必要か？　スポーツバーに、生理用品。さすがにコンドームは要らねぇか。あとで、リストを作ってメールくれ！　銀座の姉ちゃんに回すからよ。五〇歳過ぎのママでも担げる重さのリュックに入るサイズで頼む」

「はい！　間違い無く」

「ああ、それでしたら、首相官邸のサイトに、個人用の非常持ち出し品リストを紹介する頁がすでに用意されております」

と柊木が口を挟んだ。

「そうなのか？　やるじゃん！　日本政府。あとでURLをくれ。銀座に一斉メールするから。うん、国民の生命保護が最優先だ！」

「御意であります！　お代官様――」

「どこまで話したっけか……。あ、でそのビッグバンというのは、いつ起こるの？」

「わかりません。近日中だろうとは思いますが、トロイの木馬を一本、慎重に解析してみましたが、ウェイクアップ・コマンドはあったものの、タイマーの類いは仕込まれていませんでした。しかし、ある程度の予想はできるつもりではおりますが。恒星の終わりをニュートリノで先取りするようなものです。恒星が死ぬ瞬間には、大量のガンマ線バーストが発生して周囲を焼き尽くすが、その寸前に、大量のニュートリノ放射が起こることがわかっています。ガンマ線バーストよりニュートリノの方が先に地球に届く。それを検知して望遠鏡をその方角に向けておけば、恒星の死を目撃できます。

このビッグバンの場合、先にインターネット網が死んでは、発電所制御などのトリガーを引くことが出来ません。だから、インターネット網への攻撃は最後になります。最初にスカイツリーへの電源網を攻撃してニュースやラジオなどの回線をダウンさせ、次に水道局、銀行のATMネットワーク、証券システムの制圧をやり、最後に電力システムとインターネット回線を攻撃するはずです。ビッグバンの最初の光を検知した瞬間に、続いて、攻撃を食らうと想定されるシステムを一時的に遮断することは可能です。その場合でもブラックアウトは起こるでしょうが、システムを破壊されるよりはましです」

「それってさ、時間的には、たぶん何分差とか何秒差で起こるわけだろう？　電話を取る暇もないんじゃないか？」

「はい。そうなる可能性が高いですが、もう一つ、確実に事前にキャッチできるだろう兆候があります。魚釣島で、水機団長以下が敵の捕虜になったそうですが、その映像はまだ流れてきません。中国は、日本人の戦意を挫くため、ブラックアウトさせる前に、必ずそれらの映像を流すはずです。惨めに打ちひしがれた自衛隊の将官の顔を流して、解放軍の優勢を印象づけた後に、それを決行することでしょう」

「とんだ恥曝し野郎だ！　将軍のくせして戦陣訓くらい読んどらんのか？　なんであいつらは舌を噛むなり、敵に襲いかかるなりして自決せんのだ……。だがよう、どうせNHKは政権に忖度して

そんなのは流さないし、民放もそうだ。インターネットだけで間に合うのか？」

「はい。インターネットがダウンした後も、スマホに誰かが保存したデータが、あっという間に拡散することでしょう。携帯同士は、電話回線が不通になっても、いろんな方法で繋がりますから。それが、ビッグバンが起こる警告になります」

「その後は、俺様が高度な政治的判断を下して、材木問屋に、先に送電を切ってブラックアウトさせろと命じるわけか？　そうすれば、電力のシステム網を破壊される心配はない。インターネッツは不通でも、電力は直に回復できる？」

「そうなります」

「病院とかどうする？」

「それはすでに厚労省から警告が出ています」

と柊木が説明した。

「東沙諸島への攻撃が始まってすぐ、全国の中核

医療病院に対して、自家発電装置の点検と燃料確保、重病人受け入れの拡充、及び不要不急の手術の延期が要請されております。さらには、目立たぬようにではありますが、ブラックアウトに備えて、重要インフラや公共機関、鉄道会社に、それなりの準備をするよう一般的な要請がなされております。後は、社会に向かってそれを公に警告するかどうかです」

「俺様がテレビに出て、中国とどんぱちがおっ始まっているが、ハイブリッド戦争というやっかいな戦争になるから、国民は備えてくれと呼びかけるわけか？　一週間分の食料や水を確保し、電気水道が止まったら、ウンコは流すな、糞はバケツにしてベランダに置いておけと。退屈で死にそうになったら、漫画でも読めと？　若い奴らはセックスに励んで人口回復に貢献しろ。暗くなったら、街灯すら消えた街で、レイプ事件が頻発するぞ……」

「スーパーやコンビニの棚は、三〇分で空になります。MERSに怯える中国で起こったことがここでも起こる。乗り遅れた買い物弱者が餓死することでしょう。特にお年寄りが」

「まあジジババは、そういう時に数を減らすのが世の中の理《ことわり》てもんだけどな。やるべきだと思うか？」

井藤はあっさりと首を横に振った。

「日本は忖度社会です。危機を感じ取った国民はすでに備えていることでしょう。ガソリンの流通量を調べてみましたが、ここ数日、ガソリンの消費が上がっています。災害に備えて、先に自家用車のガソリンを満タンにしている市民が増えている。それに、そもそも天変地異に備えての備蓄は常に呼びかけています。それがない世帯は、自己責任ということで切り捨てるしかないでしょう」

「そうだ！　銀座のどこかに避難所を作らせよう！　電車が止まって街灯も消えて帰宅できなくなったホステスを一時的に収容してトイレや水を与えるための避難所を。どこか名乗り出てくれるホテルとかないもんかな。デパートの食品売り場は、ゾンビが襲来しても立て籠もれるよな……」

「名案です！　お代官様――。早速、都に命令しましょう」

「うん。俺、マグライトを左手に、右肩にはアキュラシーインターナショナルのスナイパー・ライフルを提げ、SPとマスゴミを連れて視察に行くよ。

　ところで、今回は、土門と越後屋、どっちがきつい戦いになると思う？」

「ああ、残念ながら今回ばかりは、自分の方がきつそうですな」

「あらゆる権限と予算をお前達に渡す。最善を尽くせ。大元の作戦名は何だ？」

「はい。〝神田川‐赤ちょうちん復活プロジェクト〟はいかがかと？」

「よし！　それで良い。神田川かぁ……。俺も学習院だったからなぁ、若い頃は、早稲田やポン女、茶ノミの奴らとつるんであの辺りで良く飲んで騒いだもんだ……。今もドブ臭くて汚ねぇ川らしいが」

　執務室を出た所で、井藤は、黒いボルサリーノを目深に被った。

「井藤さん、あっという間に食べちゃいましたよね？　私は胃がもたれそうだ……。味も覚えちゃいない」

「早飯は兵隊に求められる必須特技の一つだからね」

「土門さんて、どなたですか？　時々、噂だけは聞きますが、知っていそうな連中に聞いても皆、フフッと笑うだけで、誰も教えてくれないんですよ」

「貴方も存在だけは知っている例の部隊の指揮官だよ。僕はサイバー空間での戦争が仕事。彼は、リアル空間での人殺しが仕事だ。見た目は何というか、毎日通勤電車に詰め込まれて虎ノ門辺りの独法《どっぽう》に通っていそうな平凡な中間管理職だけどね。その内、紹介するよ。彼に名前と顔を覚えてもらえれば、貴方もこのインナー・サークルの立派な住民だ」

「しかしまあ、あの総理は、テレビで見ていた通りのお人だ……」

「僕は好きだよ。あの人には表裏が無い。コロナが流行った頃、感染すれば真っ先に死にそうな年齢だったのに、彼は露ほども恐れちゃいなかった。こういう国家的危機には、彼みたいなクソ度胸な男が必要だよ」


さて問題は、水機団長の元気な顔をいつ中国が報じるかだ……。それが日本でインターネットのフィードを埋め尽くした後に、ハイブリッド戦、中国にとっては超限戦が開始されることになる。

打てる手は全部打った。たとえインターネット網が潰滅し、電話回線も不通になり、ラジオまで沈黙を強いられても、日本の隅々まで政府広報を行き渡らせるためのネットワークを構築したつもりだったが、それが戦時にどの程度、機能するかまではわからない。

ここ数年の、ロシアが関与したハイブリッド戦争では、皆それなりに備えていたにもかかわらず、現代のネットワーク依存は、戦術レベルでの攻撃に極めて脆弱な事実が曝け出されることになった。

携帯の使用を禁じたにもかかわらず、兵士らは携帯でしか連絡が取れず、ドローンは、その携帯の電波を頼りに突っ込んでくる。最前線の部隊の行動も筒抜け。

　自衛隊のクローズド回線がこの攻撃にもってくれれば良いが。何しろ前線部隊が持っている無線機は、俄には信じられないほど旧式だった。


　土門は、暗がりの稜線を登って三六二メートルもの高さを持つ奈良原岳の手前まで来ていた。とんでもない島だ。こんな小さな島に、三〇〇メートルを超える山が、まるで屛風のように聳えているのだ。

　二四二メートルの、手前のピークに立っていた。

　姜三佐が部下に命じて周囲を警戒している。ダックこと阿比留《あびる》憲《あきら》三曹が、稜線から少し下がった所に立っていた。背中に、円筒状の傍受アンテナを背負っていた。

　7インチのタフパッドを起動し、輝度を落とした状態で表示している。

　最近アメリカ軍で導入が進んでいる共同脅威《JT》警告《WS》システムのシギント情報システムの装備を身に纏っていた。

　タフパッドに、過去数時間の収集情報が表示されていた。

「この東端、三箇所の近くに、恐らく敵が移動しつつ使っている指揮所があります」

「この小さなサークルがその場所ではないんだな？」

「これはあくまでも、そのアンテナの位置ですから。アンテナはたぶんケーブルでだいぶ延ばしているはずです。もちろんアンテナだけ移動している可能性もありますが。さっきアイガーが、そのデータを元に、指揮所の位置を何カ所か想定しました。ジャングル・キャノピーがあって、上から覗かれずに、そこそこ地面がフラットな場所を」

「わかった。データをガルに遣してくれ。こっちの通信は問題ないのか？」

「俺みたいなシギント担当がいて聴き耳を立てて、こっちの位置を推定していないか？　という意味なら、そういう兵士も存在するでしょう。ただこっちは、あちこちにアンテナを建てて、メッシュ・ネットワークを形成しています。敵は、その場所を推定は出来るでしょうが、メッシュ・ネットワークを何カ所か潰しても通信妨害にはならないし、そこに誰かがいるわけでもない。潰そうとするのは無駄な努力だとすぐ理解したはずです」

「で、敵の前線はどこだ？」

「固定の探知アンテナと三角測量した結果ですが、恐らく中継点の小隊指揮所がこの辺りで、前線から一歩さがったデポ兼歩哨所がこの辺り……、昨日から移動はありません。前線への移動ルートは完成したみたいですね」

「わかった。全く動いていないということは、エア・クッション艇と捕虜で満足したってことだろうな」

「それと、小隊長、例のお話をして良いですか？」

と阿比留は土門に同行する姜三佐に許可を求めた。

「ええお願い。手遅れだけど、今後の参考になるでしょう」

「実は二日前の夜、突然、通信量が増大したんです。そのこと自体は、ガルにも小隊長にも報告したんですが、その理由がわからなかった。自分はてっきり、攻勢を仕掛けてくるための準備を始めたのだろうという程度にしか思わなかったのですが、後になってデータを検証してみると、明らかに無線機の数が増えていた。ほとんど、新手の増援が到着したくらいに使用される無線機が増えていました。増援が入るなんてことはあり得ない。

でも補給があったのかも知れないという疑問も全く浮かんでこなかった。当然、その可能性を想定すべきでした。あれは、入手したばかりの無線機の動作を確認するための輻輳《ふくそう》だった。そういうことも警戒できるのが、優秀なSIGINT《シギント》兵士です。俺のミスです」

「そうか。話はわかった。ガルですらそれを思いつけなかったんなら仕方無い。明日に繋げれば良い。引き続き警戒してくれ」

土門はその場から立ち去り、暗視ゴーグルを再び降ろして稜線を魚釣島最高峰へと登り始めた。魚釣島のピークへ向けて、まだ一〇〇メートル以上もの登りがある。部隊の最前線は、さらにそのピークを東へ下った場所にある。後ろから姜三佐が付いてきた。

「何処まで行くんですか？　こんな暗がりで」

「いや、ちょっと見回るだけだ。迷惑か？」

解放軍は、山の北斜面の七割を支配していたが、稜線上の七割を支配していたのは日本側だった。それが、この戦いの帰趨を決する要素となっていた。戦場では、古今東西、高い場所に陣取った側が勝利する。

「いいえ。あの……、隊長。自分のミスです。もっと注意を払うべきだった」

土門は、立ち止まってから振り返った。

「そうだな……。時間帯を考えると、攻撃準備なはずはなかった。何かそれは理由があったことだろう。いちばん高い可能性は、陽動だ。われわれはたぶんそう判断しただろう。だが、あの時、敵は完全に孤立していた。味方の哨戒機が沖合を飛び回っているのに、水中からの無人艇による補給も可能なはずだなんて誰が考える？　考えるべきだったかも知れんが、全ては不可抗力だ。二度とこんなミスはしないと決意するしかないぞ」

「はい、すみません」

「まあ、シギント兵士が役に立つとわかっただけでも収穫はあったさ。システム先任下士官に衛生兵士官殿、狙撃手の援護兵《フランカー》、それにシギント兵士。私が現役を退くまで、あといくつ職種が増えるんだろうな」

土門は、奈良原岳のピークを巻いて前線へと歩いた。そこから北へと延びた尾根へと一端逸れた。姜小隊のコマンドが先導する先に、シェフこと赤《あか》羽拓真《ばねたくま》三曹がすっぽりと頭からギリースーツを被り、シッティング・スタイルで周囲を威嚇している。シッティング・スタイルでいるのは、周囲にわざと自分の姿を見せて敵の注意を惹くためだった。

「ご苦労、シェフ！　敵の姿は見えてるか？」

「いえ、ここからは見えません。つまり、隊長の移動も安全だということです。敵から目撃できる位置まで出たらお知らせしますか？　ここはエッジな稜線で昼間でも危険ですが？」

「俺は今、身軽だ。バランスは取れるつもりだ。警告をよろしく」

「了解です。いざとなったら止まって下さい。迎えに行きますから」

暗視ゴーグルをワイドモードにして左右をはっきりと確認する。確かに酷い痩せ尾根だった。道幅は五〇センチもない。風に煽られたらそのまま崖下へ真っ逆さまだ。

土門は慎重に歩いた。ほんの三〇メートルほど進んだ所で、「そこまでです！　それ以上は下から見えます」と赤羽が警告した。

土門は、その痩せ尾根を跨いで腰を下ろした。

「リザード！　そこにいるか？」

「はい、ボス。リザード&ヤンバル。聞こえています。何か御用ですか？」

何処から喋っているのか、暗視ゴーグルを操作しても何も見えなかった。それが狙撃兵の特技ではあるが。

「いやまあ、用って訳じゃないが、君らそこに居座ったままだろう。たまには人恋しくなるんじゃないかと思ってな」

「ただいま配置中です」

「わかっている。阿相さんが、総理に返り咲いた。お前のことを気にしててな、まだ所帯を持ってないのか？　と聞かれて、素っ気ない返事をしたら叱られたよ。そういうことは上司としてちゃんと気配りしろと。今度、銀座のクラブにご招待するそうだ」

「はあ……、それ、今必要なお話ですか？」

「いや、違うな。それで、フランカーはどうだ？　少しは安心できるか？」

「はい、背中の心配をせずに済んで、気分が楽になります。よろしいんじゃないですか」

「そうか。それは良かった。今夜はいよいよ水機団の増援が入る。気を抜かずに頼むよ。ヤンバルもな！」

「はい、隊長殿！　さっさと行って下さい。気が散る！」

と催促された。

「了解だ――」

土門から僅かに前に出たエッジ部分に潜む二人の狙撃兵、リザード&ヤンバル組のリザードこと田口芯太《たぐちしんた》二曹と、沖縄出身のヤンバルこと比嘉博実《ひがひろみ》三曹は、彼らが〝北の岬〟と名付けた場所に腹ばいで陣取っていた。

「ひでぇな。ついこの前、フランカーは邪魔だって話したばかりじゃないですか？」

「いや、俺は邪魔だとは言ってないだろう。ただ余計だと言っただけだ」

「同じことですよ！」

「良いじゃないか。処世術って奴だ。ここで馬鹿正直に、『必要性を見出せませんが？』なんて議論をふっかけてみろ。あの人のことだから面倒なことになる。だいたいなんでこんな所まで登ってくるんだ。暗視ゴーグルじゃ危険だし、年寄りの脚じゃ、指揮所に引き揚げるまで一時間は掛かるぞ」

「その銀座のクラブ、俺も付いていって良いですか？　あの総理、俺のことは忘れたんですかね……。一緒に死線を潜《くぐ》った仲なのに」

「銀座のクラブなんてさ、あんな所で働いている女はどうせ医者だの弁護士狙いだろう。自衛隊なんて平民はお呼びじゃない」

「そんなことはないでしょう。上級国民じゃないんですか？」

「公務員様ですよ。俺ら、憧れの国家公務員様ですよ」

「じゃあ、なんで俺もお前も独身なんだよ？」

「まあねぇ……。そこでこの会話も終わりだな」

地上に動きは無かった。敵は、進撃路の偽装をやり遂げ、今では、ほんの僅かの隙間しか残っていなかった。

土門は、結局道案内を連れて山を降りた。何処まで登るべきか決めて出て来たわけではないが、結局は、部下に迷惑を掛けただけだった。夜間に年寄りが登り降りすべき山ではなかった。もちろんそれは、戦闘にも適さないということだ。


航空自衛隊・総隊司令部に設けられた通称エイビス・ルームの情報将校・喜多川《きたがわ》・キャサリン・瑛子《えいこ》二佐と、航空総隊司令官・丸山琢己《まるやまたくみ》空将を乗せた米空軍のCV‐22オスプレイ輸送機は、米軍横田基地を飛び立ち、百里基地へと降り立った。

丸山は、ハンガーに集う米側空軍兵士らをまず歓迎した上で、訓練から帰ってきたばかりの空自パイロットらに報告を求めた。

　第三〇七臨時飛行隊を率いることになった飛行隊長の日高正章二佐は、丸山をコクピットに座らせて、自分が理解しているシステムを説明した。

　その間、喜多川二佐は、二度目のフライトを終えた新庄一尉とエルシー・チャン少佐を出迎えた。

　新庄は、ヘルメット装着式統合目標指定システム《JHMCS》と呼ばれるバイザー部分にディスプレイが埋め込まれたヘルメットを脱いで降りてくると、頭のインナーを脱ぎ、汗びっしょりの髪の毛をほぐして首を回した。

「これ、F‐35のヘルメットよりはましだけど、やっぱり重たいんですよ。首が縮むのを感じるわ」

「貴方は、その格好の方が似合うわね」

　新庄は、耐Gスーツを身に纏っていた。チャン少佐に喜多川を紹介する。そこから英語に切り替わった。面白いことに、香港訛りの英語より、喜多川の方がネイティブな発音なのだ。

「さっき、食事しながら貴方の話を聞いていた所よ。レッドフラッグ演習の噂話は、私も聞いていたわ。米空軍なら表彰ものだけど、自衛隊ならどうなるか、なんとなくわかるわね」

「日本人には合理性の概念が希薄だから。例の新しい戦術はどう？　うまく行きそう」と新庄に聞いた。

「まだ機体に慣れるのが精一杯で、ディテールまで聞いてないんですよ、全然」

「で、慣れたの？」

「どうでしょう？　教官」

　と新庄はチャン少佐に聞いた。

「一回目と全然違うわよ。最初に乗った時は、新生児が初めて立った感じだったけれど、今のフライトでは、三歳児が駈け出すくらいの勢いはあった。貴方は明らかに私より上達が早いわ」

「それは良かったわ」

「私もちょっと、自信が出てきました。防府基地でソロ飛行の後、二度目くらいの感じでしたね。景色を楽しむ余裕はなかったけれど」

喜多川は、まだ熱い機体の下を覗き込んだ。

「このＩＲＳＴは、レギオン・ポッドよね。本来はＣ型の旧型レーダーの死角を潰すためのセンサー・ポッドとして開発された」

「ええ。使ってみたら意外によくて、ＥＸにも装備された。だけど、このレギオン・タイプの最大の魅力は、センサーそのものじゃなく、ネットワーク能力だと思っているわ。機体に依存せずに、レギオン・ポッドを装備している機体同士でセンサー情報を交換できる。それが、ＥＸに、Ｆ‐35並のセンサー・フュージョン能力を与える一つの鍵になっている」

「なるほど。前世紀終わりに、ロシアが編み出した戦術を使うのね。でも、もとがロシアの戦術なら、中国にも伝わっているんじゃないかしら？」

「中国空軍のここ数年の訓練や大規模演習を研究したところでは、その傾向はなさそうだという報告を得ている」

「そのレポートは私も読んだ記憶があります。ロシアは、戦闘機は売っても、肝心の戦術は滅多に教えてくれないという結論だったわね」

丸山が飛行隊長を連れて現れると、チャン少佐が畏まった敬礼をした。

「ご苦労、少佐。すまんね。わざわざハワイから来てもらって」

「いえ。香港の仇を取るチャンスです」

「それについて、説明は受けていると思うが、もちろん、操縦はわれわれがやる。だが、もし貴方たちが、了解してくれるなら、後席として乗ってもらえると有り難いんだが……」

「もちろん望む所です。パイロットは足りていますか？　米空軍として許可するなら、私自身が単独で飛びたいと思っています」

「そう言ってもらえるととても心強い！　さすがにそれはアメリカの参戦を意味するから、横田で引き続き調整を続けるが、まあこれまでも、東沙島を爆撃し、台湾沖の空中戦でもすんでのところを嘉手納の部隊に救われたけどね。いずれも嘉手納への弾道弾攻撃の報復や、イレギュラーな防衛行動ということになっている。うちの場合、旧型機が撃墜されても、パイロットが脱出できれば、すぐこっちに乗せるよ。それを広言しちゃったせいで、じゃあさっさと撃墜されてきますから、と言うパイロットが出たほどでね。最後は、私だって操縦桿を握るつもりでいるよ。パイロットの数を超える機数が届いてくれれば大歓迎だが」

「それで、展開基地の問題はどうなりましたか？」

とチャン少佐が聞いた。

「うん。知っての通り、嘉手納がベストだけどね、それはなかなか難しいだろうから、何処か戦場に近い民間空港を拠点にすることになると思う。そう選択肢はないが……。とにかく、よろしく頼む。この旭日旗の戦闘機だけは撃墜されずにこの戦いを終えてもらいたい。なあ新庄君？」

「もちろんです！　キル・マークを二十個くらい描きますから」

「その意気だ」

丸山は急ぎ足でその場を去って行った。

「じゃあ、新庄さん、頑張ってね！　貴方が戦果を上げられるよう、横田で最大級の支援をします。最高の作戦を立てて」

「信じてますから」

　喜多川も足早に丸山の後を追った。全員フライト・スーツ姿だが、喜多川だけが一人制服姿だった。

「あの人、モデル級の美人ね。男たちが放っておかないでしょう……」

「ええ。やっかみも受けて。でもご本人は楽しんでいるみたいです。私は凡人で良かったわ」

「人生のモテ期は、いつかはやって来るものよ。マッチングできる、ただ一人の男だけにもてれば良い。ま、私は離婚経験者だから、ろくなアドバイスはできないけれど」

「じゃあ、コーヒーでも飲みながら、反省会をやりましょう！　男漁りは戦争が終わってからです」

　丸山空将は、なぜわざわざ百里まで来たのだろうか？　ただの視察には思えない。まさか、今夜中に出撃が可能かどうか様子見に来たのだろうかと新庄は訝しんだ。

　さすがにそれは無茶だが、やれと言われればやるしかない。


　グエン・ティ・ランこと孔雪麗《コンシュエリー》中尉とディン・レイ・スエンは、タクシーに乗り込み、深夜の東京をドライブしていた。

「世界中、どこでもそうだが、深夜に走っている自家用車は当然警察に怪しまれる。挙動不審者としてな。ところが、タクシーだと誰も気にしないんだな」

　後部座席で、二人は運転手から手渡された資料に目を通していた。派手な表紙の東京ガイドブックの雑誌に挟んであった。一枚一枚、丁寧に頁にテープで貼られている。

「この紙、何だか手触りが変ですよね？」

と孔中尉はベトナム語でガイド役のディンに聞いた。

「あらそうね。ねえ運転手さん。この紙はもしかして、あの有名な水溶紙なの?」

「そうだ。コピーは絶対取らずに記憶しろ。わかるね? お嬢さん。それ、頭で覚える。コピー駄目!」

「はい。わかりました」

「でもこの紙にはちゃんと字が書けるのね。驚いた。私、昭和の時代の日本を知らないけれど、あの時代の映画みたい」

とディンがげらげら笑った。

「バカにするもんじゃない。日本の伝統工芸だ。年々進化して、最近のものは、わざわざトイレに流さなくても、コップの水を掛けただけで文字が消えて紙が溶ける」

「これは、皆さんが自分の足で調べたのですか?」と孔が日本語で尋ねた。

「そうだ。同志が自分の足で調べる。監視カメラは年々増える傾向があるので、頻繁に利用する駅では、こまめに調べることにしている。そこに書いてある赤い線からずれないよう歩いてくれ。どの階段でホームへと上がり、何両目に乗り、どの区間で車両を移動すべきかもそこに指示してある。乗り換え駅は多少遠回りになるのもあるが、監視カメラを避けて乗り換えができる駅が網羅されている」

「凄い情報量だわ……」

「問題は、作戦決行後の退避ルートだ。車で逃げようが、電車で逃げようが、時間帯を考えると、何処かで必ず監視カメラに引っかかる。完璧に行動しなければ、君らは、最初の作戦で失敗することになる。脱出するまでが任務だぞ。

お客様、右手をご覧下さい——。東京タワーの夜景でございます！」

孔中尉が窓にへばり付いた。

「わあ！　綺麗。いくら日本が落ちぶれたと言っても、やっぱり現物は凄いわね……。写真で見るのとは全然違うわ！」

東京タワーのイルミネーションが、車体そのものを圧倒しそうなほど迫ってくる感じだった。木漏れ日のように、車内がキラキラと輝いている
「瞼《まぶた》に焼き付けておきなさい。当分、あのイルミネーションは見られなくなるから」

「資本主義の醜悪な象徴だ。残念だが、これを倒せる量の爆薬は作れない」

「この街を破壊して良いのですか？」と孔が運転手に聞いた。

「ああ、好きなだけ破壊しろ。何かも腐っている。腐った街にしがみ付く奴らを跪《ひざまず》かせてやれ。お前達の強欲資本主義はとっくに終わっていると」

「革命家も、不況には勝てなかったのね……」

とディンがぽつりと零した。しかしある意味、日本人はみんなで貧しくなったじゃないか？　それこそが、革命運動が望んでいたことではなかったのか？　とディンは胸の内で続けた。

第五章　ベン・ネビス作戦

エルシー・チャン少佐らは、いったん百里基地を出て、近くのビジネスホテルへと引き揚げることになっていたが、結局、新庄が予想した通りの事態になった。

全体ブリーフィングが始まる寸前、チャン少佐は、このトレーニングを仕切るオリバー・R・エバンズ中佐に、ホワイトボードの陰へと呼ばれた。

「エル、君は、例のタブレット端末を持ってきたか？」

「え？　例のって、あれを投入できるんですか？」

とチャン少佐は驚いた顔で返した。

「出来ると言っている。というか、もう太平洋上にあるそうだ」

「端末は、後部座席のポケットに入ったままです。〝スカイボーグ〟じゃないですよね？　それともオージー向けのロイヤル・ウイングマン？」

「いや、XQ‐58A〝ヴァルキリー〟の方だ。あっちはもう何機かテスト中だから」

「うちのタブレットで仮想訓練したことはあるけれど、まだ誰も実機を飛ばしたことはないわよ」

「そりゃみんな同じだな。だが操縦方法は共通化が図られているし、微妙な違いはソフトウェアでアップデートできる。飛んでいる最中でもそれは

運用基地としては、グアムのアンダーセンを想定しているらしい。軍というか、国防総省としては、EXのパフォーマンスを最大限に発揮して、中国側にワンサイド・ゲームを見せつけて、下がらせるべきだという意見が多い」

「何機いるの？」

「とりあえず四機だが、たぶんペレグリンを搭載しているのは半分だろう」

「F‐35戦闘機より更に新しいステルス無人機よ。ペレグリンがものになるなら、われわれの出番は無いかも知れない」

「そう願いたいけどね」

　全員を椅子に座らせ、関係者以外をハンガーから出し、エバンズ中佐はホワイトボードの前に立った。

「これから話すことは、一応、極秘なので、そのつもりで聞いてほしい。まだ日本に着いたばかり衛星経由で出来る」

「それ、まだ操縦ライセンスの認定もないのよ？」

「実際に操縦したテスト・パイロットの話を聞いた限りでは、フライト・シュミレーターと同じだと言っていたよ。タブレット端末のGUI画面に慣れさえすれば、あとはゲーム感覚だと。僕自身、あのタブレットのGUIは出来が良いと思うけどな」

「積んでいるのは対艦ミサイル？　あれ、アムラームとか積めないでしょう？」

「なんと〝ペレグリン〟を搭載しているらしい」

「はぁ？　レイセオンの？　ロッキードの奴より先行してたの？　こんな無茶な話、聞いたことが無いわ。本来なら、われわれ空軍の本作戦としてやるべきよね。何処から飛んで来るのよ」

「本土のメーカーの工場から直接飛び立ったか。

で、寝る暇もなくトレーニングに出撃したパイロットの諸君には済まないと思う。たぶん、中継地のハワイ・ヒッカムで寝る暇は無かっただろうから、すでに二四時間寝ていない者もいるだろう。申し訳ないが、離陸後、後席で寝てくれ。二時間、いや一時間は眠れるはずだ。

命令から伝えるが、日本の陸上自衛隊の魚釣島への増援を支援するために出撃する。自衛隊は大きな犠牲を払ったせいで、今回は何としても、この増援作戦を安全に、無事にやり遂げたいと決意している。その支援のための出撃だ。両者が睨み合っている防空ラインを一挙に押し上げて、中国海軍の空母機動部隊の鼻先を掠める。そして、いつでも空母を沈められるぞ、と意思表示する。

さて、ここからは少し歴史の勉強だ。前世紀、ソヴィエトは、満を持してスホーイ27〝フランカー〟というモンスター級の戦闘機を開発した。それは今もアップデートを繰り返し、中国では、それをベースにした戦闘機や戦闘爆撃機が主力機となった。知っての通り、これはわれわれのイーグル戦闘機に唯一対抗できるロシア機となった。

フランカーは、機首部分に巨大なEOセンサーを装備している。あの位置のセンサーは、空力的に誉められたものではないし、何よりレーダー反射の原因になる。ロシアはなぜあんなものに固執したのか？　彼らの空対空戦闘の概念というか半径は、われわれより狭かった。彼らは、長射程のレーダー誘導ミサイルを開発する一方で、赤外線タイプのミサイルがドッグ・ファイトを決すると思っていた。

だが、われわれにしてみれば、そんなのは、赤外線誘導ミサイルの射程圏内に入る前に、アムラームを撃ってしまえば片付く話だ。しかしロシアはこう考えていた。要は、そのレーダーを無効化すれば良いのだろうと。大出力の電波で弾幕妨害《バレージ・ジャミング》を仕掛けて、相手のレーダーを潰している隙に接近し、赤外線ミサイルの有効射程内でミサイルを撃つ。当然、味方側のレーダーも無効化されるので、より大きなというか、優秀なＥＯセンサーを持つ側が有利になる。なんとか粒子で、レーダーが無効化されたアニメと同じ世界だな。米空軍は、長らくその戦法に気付かなかったというか、疑問を持っていたわけだが、最近ようやく、そういう戦法を現実の脅威として受け止めつつある。

君らの機体は、平素はＬＡＮＴＩＲＮポッドとスナイパー・ポッドを装備しているわけだが、今回は、対地攻撃は無いので、ＬＡＮＴＩＲＮを降ろして空対空性能に優れたレギオン・ポッドを装備している。

具体的に作戦を説明する。〝ベン・ネビス〟作戦だ――」

その瞬間、「ブー！――」と酷いブーイングが起こった。中佐は苦笑いした。

「ああ、その反応はわかっているとも。山とも呼べない、あんな低い丘をイギリス最高峰と崇める奴らの気が知れないと言いたい気持ちはわかる。だが、英国ハイランド地方をルーツとする私には、思い入れがある山だ。それに、低いとは言え、意外に難易度の高い山だぞ。

で、これには、海軍のＥＡ‐18Ｇ〝グラウラー〟電子戦機が参加する。どこから飛んで来るのかは聞いてない。

われわれはまず、両翼を広く取って展開する。敵は、こちらを少数編隊だと見切って迎撃に出て来るだろう。たぶん八機とか、あるいはその倍程度の数で圧倒しようとするはずだ。同時にわれわれは、少数だが、ステルスのウイングマンを先行させる。解放軍は、デュアル・バンド・レーダー装備の早期警戒機を持っており、恐らくこれにF‐35は見えるはずだ。投入する〝ヴァルキリー〟は、絶対に見えないとメーカーが太鼓判を押している。

〝ヴァルキリー〟がまず仕掛けて敵をパニックに陥らせた後、強度の弾幕妨害下、君らが、アムラームをレギオン・ポッドで撃つ。レギオンで誘導する。アムラームは最後の終末誘導段階で、その弾幕妨害の隙間に僅かに開けた周波数でアクティブ・レーダーを使って目標にヒットする。敵は、EOセンサーを持っていなければ、そもそもアムラームが撃たれたことすら気付かないだろう。もちろん、中国の戦闘機もそれなりのEOセンサーと、赤外線誘導ミサイルを持っているわけだが、その射程距離は、サイドワインダーを超えるものではない。つまりわれわれは、敵が撃てるイメージ誘導型のミサイルの倍の距離で、安全にアムラームを撃ち、引き返すことが出来るわけだ。こんなの簡単だろう？」

パイロットの後ろで、新庄が右手を挙げた。

「あの……、中佐。グラウラーは安全なのでありますか？　当然、対レーダー・ミサイルがあちこちから飛んで来ると思いますが」

「実に良い質問だ大尉。それが、これは何というか、これも機密だからここだけの話にしてもらうが、グラウラーは複数で飛ぶ。時には四機編隊で飛ぶこともある。潰したい目標に対して、四機で代わる代わる電子妨害《ジャミング》を仕掛けるわけだ。いやもちろん、言うほどシンプルではないんだろうが、そうすることで、飛んで来る対レーダー・ミサイルを幻惑することが出来る。向かっていた先の目標が突然黙り込み、他所に全く新しいそれが出現するわけだからね。それプラス、ジャミング専用のミサイルも飛ばすことになるだろう。

　ただし、これには前提事項がある。まず解放軍が装備している対レーダー・ミサイルや、対レーダー追尾モードを有するミサイルは、さほど多くはないだろう。つまりグラウラーに対して飽和攻撃は無いという前提と、君らの支援も含まれている。もし、対レーダー・ミサイルをレギオン・ポッドで探知した場合は、それを優先目標として対処して欲しい」

「了解です」

「では、諸君。これから長旅になる。食い物と、ペットボトルを持って飛んでくれ。種子島上空で、空中給油が一回入る。ホームベースは、奄美大島の空港を用意しているが、いったんはここまで戻って来てくれ。奄美空港は、島の北東端に位置して、あの辺りで一番安全だ。自衛隊が今、地上の防空部隊を運んでいる。緊急事態、燃料不足の場合は、躊躇わずに奄美に向かえ。寝る暇がなくて本当に申し訳無いが、よろしく頼む」

　最初に百里に到着し、空自パイロットが全員二回の慣熟フライトを終えた一二機のF‐15EX戦闘機の離陸準備が進められていた。

　新庄一尉は、長旅に備えて、紙オムツを穿いた。恐らく、最大で往復七時間前後の任務になるはずだった。

「覚悟は良い？」

　とチャン少佐がコクピットの真下で尋ねた。

「ええ。ぜひキル・スコアを一挙に五機くらいは稼ぎたいですね！」

「その意気で行きましょう。でも、私たちがここをフル装備で飛び立ったことは、あそこいらへんにいるスポッターがすぐSNSに書き込むだろうから、中国に筒抜けだと覚悟しないとね」

　基地のフェンス外で、県警の赤いパトランプが見えた。基地に張り付いているマニアが、望遠レンズでこちらを狙っているのだ。深夜だというのに、たぶん二、三〇人はいるはずだ。

　事実、彼女らが離陸した五分後には、EX編隊の出撃を報せる警報が、東海艦隊に届いていた。


　東中野の古びた四階立ての小さなビルには、ありふれた名前の精機会社の看板が掛かっていた。夜も明かりが消えたことはない。一階のオフィスにパートのおばちゃんが出入りする姿は確認されたが、どんな仕事をしているのかはわからなかった。すでに終電の時刻は過ぎていたが、中央線の線路が近くて昼間は煩い。

　外階段で上るしかない二階は倉庫。三階と四階には、分厚いカーテンが引かれている。この手の他の建物と違う所は、監視カメラだった。

　玄関はもとより屋上、そして実は細い通りを挟んだ向かいのビルからも、こちらの全景を見下ろせる位置に監視カメラが設置してあった。

　ソファに座った井藤《いとう》浩《ひろし》元一佐と柊木《ひいらぎ》尚人《なおと》警視長は、二人ともうとうとしていた。

　二人が待っていたのは、あるベテランの警視庁公安部の捜査官だった。元というべきか、定年退職後も顧問として働いてもらっている。

　灰谷《はいたに》昭雄《あきお》元警部が引き揚げてきたことは、階段の足音でわかった。現役捜査官の倍の時間を掛けて階段を上ってくる。

「待たせたね……」

　と警部は、黒ネクタイを解きながら言うと、二人の間にどっかと腰を下ろした。正面には、巨大なホワイトボード。色とりどりの付箋や写真がびっしりと貼り付けてある。

「すまん。話が長引いてね。香典を届けるだけのつもりが、内縁の奥さんと話し込んで、酒まで出してもらったんで。もちろん、香典は理由で、本当に死んだかどうか探りに行ったわけだが……。コロナで、駄目だったらしい。何しろ住民票も無いんで、ワクチンを打てなかったとかで」

「それは変ですね。コロナで死んだことがわかっている身元不明者は何人かいるが、それらの情報は当然、公安部にも上がっているはずですが？」

と警視長が尋ねた。ここでは、階級は意味をなさなかった。

「上がってたよ。確認した。ところが、そのジジイは、本当に、身元不明だったんだ。公園で倒れている所を発見されたんだが、その時はもう死んでいた。地元の警察が身元を洗ったらしいが、わからず、でも指紋もちゃんと残っていたから、それ以上の捜索はしなかったらしい。たぶん手下が遠くまで運んで捨てたんだろう」

「そりゃ、ついてなかったですね」

井藤は、心からの哀悼の意を表した。

灰谷は一度立ち上がり、ホワイトボードの端に貼られた一枚の写真を指さした。

「この一枚しかないんだ。五〇年前に撮られたボケボケの白黒写真が一枚しかない。今となっては、本当にあいつだったのかもわからない」

その写真を剝がしてポケットに仕舞った。

「面白い男だったよ。あいつが書いた檄文が一番格調高かったなぁ。まるで文学作品みたいな格調を持っていたよ。あのコロナ禍を生き延びられたかどうか心配していたが……」

「早速ですが、警部。緑色の付箋が増えてますね。とても新しい」

と井藤が気付いて指摘した。

「そうだ。ここの情報なんてな、一〇年更新されなくて当然なんだ。九割方一年以上も更新されなくて当たり前。ところが、解放軍が東沙島に上陸した途端、奴らはざわつき始めた。急に、あちこちで金回りが良くなって、娑婆に出て来た奴らがいた」

「具体的には、どういう形で娑婆に出てくるのですか？」

「飲み屋に顔を出すパターンが一番多いが、溜まっていた借金を綺麗に返すとか、中には、自動車を買った奴もいるぞ。何というか、革命家を気取ったところで、みんな所詮は俗物だ。金回りが良くなれば、当然浪費もするし、金が動けば、目撃されるチャンスも増える」

「これ、最低でも三グループが突然金回りが良くなったということですか？　別途関西のグループも一つ」

「公安が把握しているだけで、そうなるな」

「中国人は今、日本には簡単に入れないでしょう？」

「ロシアの少数民族に化けてロシア人として入るか、あるいはロシアそのものの民間軍事会社を頼るとか、最近は中国にも民間軍事会社があるんだろう。そういう連中が東南アジアのビザで入国したのかもしれん。方法はあるだろう。何しろ、入国する全員の身元は洗えないからな」

「コロナの時もそうだった。入国する全員に検疫待機を強いることができずに拡散を許した」と柊木がこぼす。

「少なめに見積もって、最低五チームが上陸して、過激派の協力を仰いだとして——」

「五チームも？　そんなのはとても追えない」

柊木がそう嘆いた。

「僕ならねぇ、そうだな、兵隊が八人もいれば、関東一円を大停電に追い込み、同時にインターネット網を全滅させられますよ」

と井藤は自信ありげに言った。

「そりゃ、井藤さんはそれが専門だから」

「いやいや、破壊するためだけなら、専門知識は要らんでしょう。肥料爆弾すら要らない。狙った施設を炎上させれば済むことだ」

「警部、これ、どこかとっかかりは得られますか？」

と警視長が訊いた。

灰谷は、再び二人の間に腰を下ろした。

「まあ、無いと言えば、嘘になるわな……。転向させた奴がいる。そいつは、リーダーの金遣いの荒さに幻滅して、挙げ句に惚れた女が妊娠してさ、小遣い稼ぎにこっちに寝返った。そいつのグループも加わっているから、探りは入れられるだろう。リソースを一つ潰すことになるだろうが、今回、その価値はあるんだよね？」

「もちろんです。これ以上の価値ある情報はないでしょう。作戦決行のタイムテーブルがあるはずです。それを知る必要がある」

「大停電か……。そんなに阻止しなきゃならないか？」

灰谷は、しみじみとした口調で言った。

「いや俺たちが小さい頃は、停電なんて珍しくもなかった。特に台風時とかな。ロウソクを持ち出して、親父に、自分がマッチを擦っていいかとねだったものだよ。暗いロウソクの炎を一家で囲んで、ああいう時の父親への信頼感は絶大だった。年に一度くらいは三日くらい停電させて、ネットもつかえない生活をすべきだと思わないか？」

「個人的に大いに賛成ですね！　一億総国民オフ・ネットの日とか、停電の日とかを設けてその日を祝日にすれば良い。きっと日本人の人生観や道徳観を向上させるでしょう。僕は賛成だな、大賛成だ！」

と井藤が頷いた。

「夏は暑いし、冬は寒い、それに――」

「夏は暑いもんでしょう。冬は寒くて当たり前だ。ウチワと厚着で凌げば良いんですよ。ねえ警部?」

「そうだね。でもアパートやマンションとかだと、火鉢で餅を焼くというわけにはいかんか。だがそういう生活を年一回くらいはすべきだよな」

「お二人とも……」

と柊木が呆れた顔でため息を漏らした。

「夏は熱中症死が続発するし、病院はどうするんですか。人工心肺装置も動かなくなる」

「それが自然の摂理じゃないか……」

「コロナの混乱を経験してそんなことが言えますか? たった一人の年寄りも死なすな! が社会の合意事項ですよ。日本人は、恐ろしく〝死〟に敏感なんです。飲食業者が経営難で首を吊っても誰も気にしないが、それなりの年齢のご老人が感染症で死んだら、数字としてカウントされることで可視化される。そうなったらもう政府はお手上げですよ。そのスパイには、ボーナスを出すから、こっちが必要としている情報を素早く遣せと命じて下さい」

「まあ、巡視船が撃沈されて、乗組員の大半が助からず、自衛官が七〇名も戦死しても、テレビはバラエティ番組を流しているけどね」

「われわれ公務員は、日本人としてカウントされてないんでしょう」

「了解した。やってみる。二人とも帰ってくれ。俺はこのソファで一眠りするから。だいたいな、井藤さんよ。割に合わないだろう? あんたは冷房が効いた部屋でただパソコン画面を眺めて過ごす。俺はこの歳になって、半年ごとに靴を履きつぶすなんて。しかも、嘱託扱いの時給だぞ?」

「本当に感謝の言葉しかありません! 総理に靴

代くらい出すようお願いしときますよ。調整役としては、その程度の感謝しか出来ませんが」

井藤は、立ち上がると、両手を合わせて拝んだ。

とは言え、井藤としても寝る暇は無かった。今日は朝一で、民間の協力会社に召集を掛けなければならない。間に合えば良いし、間に合うつもりでいたが、完璧に備えたかどうかは迷いがあった。

柊木は、井藤以上に自信が無かった。公安捜査は〝泳がせ〟がモットーだ。時には、犯罪行為すら見て見ぬふりをして泳がせる。それはもちろん、こういう時に一網打尽にして国家への打撃を防ぐためだが、いざその時が来ると、やり遂げる自信は無かった。


土門は、稜線から指揮所へと降りると、ハイドレーション・パックの水を交換させた。いつもは専用の高カロリースポーツ飲料を入れているが、そのスポーツ飲料の元となる粉末が減ってきた。今は、ただの水を飲んでいた。その手の栄養剤は、部下優先だった。

水機団中隊から新しい連絡員が来ていた。顔に見覚えがあった。

「君、昔、空挺にいなかったか？」

「はい！　陸将補。ご無沙汰しております。富坂《とみさか》俊郎《としろう》三尉であります」

「え？　出世したの？」

「はい。それが、そろそろ娑婆に戻ろうとしていたら、当時の上官から目を付けられまして、部内選抜を出さなきゃ格好が付かんからお前試験受けろと。ガルから散々冷やかされました」

「なんで、今まで見なかったんだ？」

「自分は本来は団司令部付きでして、ただ、団長から、お前はベテランだから一番槍を任せるからオスプレイで行ってこいと。お陰で災難に遭わずに済みました。そのまま最前線に走って、民間軍事会社と一緒に踏み留まっていました」

「そりゃ、災難というか、幸運だったというか……」

「今となっては幸運ですね」

「ガル、なんで増援は来ないんだ？　暗くなったらすぐ飛んで来そうな話だったのに、上陸時刻さえ言ってこないのはどういうわけだ？」

「それが、やはりオスプレイからのファストロープに不安があるということで、上から待ったが掛かったようです。上ってのが、特戦群か陸幕か、内局かまでは知りませんが」

「指揮を執っているのは誰よ？」

「連隊長の白馬一佐です」

　富坂が答えた。

「ああ。あの白馬の騎士が駄馬を駆ってやってくるって奴か」

「でも本人は、乗馬はしないそうですけどね。馬術に関しては、馬は馬でも競馬の方が専門だというもっぱらの噂です。あの人の性格では、その程度のことでのろのろしているはずもないので、よほどの上から制止されたということでしょう。自分はてっきり陸将補が止めたのだと思っておりました」

「俺は、一日も早くここを正規部隊に譲って逃げ出したいのが本音だ。これじゃ下手すると、夜明け時になるぞ。地上から撃墜されるリスクが高まる」

「それを回避するために、北小島の迫撃砲中隊に、せっせと煙幕弾を運び込んでいるようです。膝の具合、どうですか？」

　と待田が訊いた。

「それを言うな。今はどうってことはない。三〇〇メートル程度の下りなら大丈夫なことはわかっている。六〇〇メートルを超えるとちときついな。膝サポーターで保護する必要が出てくる。この島が山だってことをすっかり忘れてたよ」

「指揮官が登る必要はないと思いますよ。少なくとも、うちの水機団長ならそう言いますね」

　と富坂が言った。

「ああ。あいつが登る山は、出世の山だけだからな」

「仰る通りです。でも、こういう新しい部隊の指揮官としてはよくやってましたよ。西方普連発足時から関わってた人ですからね」

「その意見には半分だけ頷くが、俺は昔、あいつの排除《イルミネイト》を進言したことがある。ああいう国士様気取りに新しい部隊を預けるのは良くないと。だが陸自って所は、あの手の国士様が出世するじゃないか。防大時代から格闘技クラブに在籍してた筋肉脳連中が」

「自分はそこまでは言いませんが。どこで誰が聞いているかもわからんので。習志野は、近くに山が無いのがいかんですね。山の登り降りに必要な筋肉を鍛えられない。その点、水機団がいる相浦《あいのうら》は、日頃の鍛錬につかえる里山がある」

「正直、なんで習志野に空挺団があるのかさっぱりわからんよ。護岸で埋め立てられた海岸線まで住宅街を縫って七キロ。山の訓練はできんし、空挺降下の訓練にも適さない。首都圏という以外何の利点もないからな。

　さて、ガル。俺はちょっと寝させてもらうぞ。もう待ちくたびれた。敵にも動きがないのはなぜだろうな」

「いくら補給があったとは言え、ああいうど派手な攻撃は二度もは出来ないとわかっているんでしょう。持久がモットーなら、手強いってことですね。こっちをきりきり舞いさせただけのことはある」

と富坂が言った。

「シギント情報に小まめに気を配れ。もう奇襲はご免だぞ」

「了解です」

「それと、フランカーは駄目らしいぞ？　さっきリザードと話したが、あいつ柄にもなく、よろしいんじゃないですか、とか言っているんだよ。あいつがあんな態度を取るときは、だいたい本音はネガティブってことだ」

「しかし時代の要請ですから、慣れてもらうしかないでしょう」

「俺もそう思うな。じゃあ後を頼む」

細切れに睡眠を取っているせいで、ちっとも疲労が取れない。自分は年寄りだから当然だが、隊員らもそろそろ撤収させて体調を一度リセットした方が良いだろう。

そもそも特殊部隊は、陸戦もやるとはいえ、こういう使い方は本分でないのだ。本則の使われ方では無かった。


警戒航空団飛行警戒管制群副司令の戸河啓子《とがわけいこ》二佐は、ボーイング767空中早期警戒管制指揮機《AWACS》の機内で、戦術データ・スクリーンを眺めていた。

最初のEX編隊六機が、足摺岬沖を通過し、宮崎に近づこうとしていた。彼女の機体は、その宮崎の新田原基地に降りていた。

トイレ休憩と食事で降りていたクルーたちが続々と戻ってくる。旅客機ベースのAWACS機の方が戦闘機より速いので、後からここを離陸しても、途中で追い越すことになる。

〝ベン・ネビス〟作戦の詳細は届いていなかった

が、彼女には、囮役になれという命令が届いていた。たぶんＡＷＡＣＳを前に出して、敵の戦闘機を釣り出したところを、ＥＸ編隊で襲いかかるのだろう。

　同じ手は、Ｆ‐35Ａ戦闘機で何度かやった。それなりの戦果はあったが、今後とも通用するかはわからない。何より、この高価な機体をそこまで危険に晒すことに疑問も感じていた。

　戸河自身は、Ｅ‐２Ｃ早期警戒機《ホークアイ》乗りだった。パイロットとして、あのじゃじゃ馬を乗りこなした。

　第六〇二飛行隊副隊長の内村泰治《うちむらたいじ》三佐が、コクピットから出てくる。こっちはイーグル・ドライバー出身だ。

「問題無いわね？」

「はい。すぐ離陸します」

　全員が乗り込んだことが確認されると、ハッチが閉まり、エンジン音が高まった。

「どんな戦術だと思う？」

「ＥＸだからと言って、そんな奇抜な戦法が採れるとも思えないが。しかしこちらには、Ｆ‐２戦闘機の護衛が四機、その近くには、Ｆ‐35Ａも隠れている。四、五機突っ込んでくる程度なら、返り討ちにできるでしょう」

「五、六機なら？」

「そういう運不運はありますが……」

　暗視照明の中で、戸河は、トイレのドアに貼らせた東シナ海のカラー地図の前に立った。

「空母部隊が今いるのは、たぶん寧波沖……」

「奴ら、とんでもない所まで逃げ込みましたよね。尖閣からたぶん三〇〇キロ以上は離れていますよ、いや四〇〇キロはあるかな」

「そりゃ、下手すると台湾空軍が仕掛けてくるのが怖いんでしょう」

「この調子じゃ、直に杭州湾まで逃げ込むんじゃないですか。さすがにあそこまで逃げられては、こちらもおいそれとは手が出せない」

杭州湾は、寧波と、その北に位置する大都市上海に挟まれた巨大な湾だ。まるでワニの口のように東シナ海に開口部を開いていた。

「仮に、空母を守る中華神盾艦の艦対空ミサイルの射程を二〇〇キロだと想定して、二〇〇キロぎりぎりまで突っ込む覚悟で行ってくれという話よ」

「それ、いつ言ってきたんです？」

「さっき、航空総隊司令官殿から直接、電話を貰いました。基地で受けました。必ず守ってみせる。良い作戦だから、大船に乗ったつもりで突っ込んでくれと」

「言ってくれるな……。たぶんその二〇〇キロに突っ込むまで、敵戦闘機が二〇〇機は上がってきますよ。空母搭載の戦闘機だけで一〇〇機は上がって来る。それに、例のデュアル・バンド・レーダー搭載機はもう完全に復調している。こっちを護衛してるＦ‐35の隠れ場所が暴かれることになる。そもそも、アレがいるってことは、どんなに慎重に接近しても、ステルスですら隠れられないということですよね？」

「そうなのよね。ＥＸの数だって、最新鋭とは言え、ステルスではないし、ほんの一二機でしょう。いくらアムラームを満載しているからと言っても、レーザーじゃないんだから、いずれは撃ち尽くす」

「単純計算すると、一二機で一九二発のアムラームですよね。まあ、善戦すれば一〇〇機くらいは撃墜できるだろうが、近くに味方のイージス艦がいてくれるわけでもない」

「ああ、それは、さっきスクリーンを見ていたら、海自のイージス艦が、少し北へと出ているわ。われわれを追いかけてくる敵戦闘機は、イージス艦で対応出来るはずよ。うまく連携できればね」

「ふうー、相変わらずギャンブル続きだ……」

「そうね。でも、一〇〇機は無理でも三〇機も減らせれば大戦果よ。最近ずっとイージス艦にお株を奪われていたから、空自も活躍して見せないと」

「いくらイーグル戦闘機と言っても、前夜渡されたばかりのテクニカル・オーダーを一夜漬けで読み込んで、ほんの二度、沖合に飛んで出て訓練し、三度目は敵と交戦してこいですか？　そりゃ、自分だってイーグル乗りとして武者震いしますけどね、結果を出せるかどうかは別だ。狂っているとしか言えない。こんな無茶な作戦に航空総隊がGOを出すなんて。クルー全員にパラシュートを背負わせておきますかね」

「中華神盾艦の位置も探りつつ、慎重に前進しましょう。いったん沖縄本島まで下がって、南から接近します」

「その前に、中国側が仕掛けてこないことを祈ってますよ」

そこは戸河も同感だった。ここ二日、空を巡る状況は静かだった。そろそろ何か動きがあってもおかしくなかった。

ＡＷＡＣＳ機は、轟音を立てて新田原基地を離陸した。やや遅れて、築城基地をＦ‐２戦闘機の編隊が離陸した。こちらは脚が短いため、部隊総出で、反復出撃してＡＷＡＣＳ機を護衛することになっている。尖閣の領空防衛が最優先で、空中給油機をＦ‐２部隊に割く余裕は無かった。

寧波海軍基地で、浩菲《ハオフェイ》中佐は、自分の機体に乗り込んでいた。空警-600はまだ外部発電機でシステムを回し、離陸準備に追われていた。

海軍のデータリンク・システムと繋ぎ、戦術情報を探っていたが、めぼしい情報は無かった。

背後からモニターを覗き込む鍾桂蘭《チォンクイラン》少佐が、「平和そのものじゃないですか?」と話し掛けた。

「変だわ。百里を飛び立ったEX編隊が何処にも降りていない。目的地が九州なら、何処かの軍事基地に降りたはずだけど、その報告は上がっていない」

「それ、全部の基地にスパイを張り付けているんですか?」

「そうじゃないでしょうね。衛星で写真を撮れることもあるけれど、それは時々だし、今では、一番確実でスピードが早いのは、日本のSNSでしょう。宅男《オタク》は、どこでも昼夜逆転しているから、深夜ほど情報が濃くなる。わざわざフェンス際まで出向いて、写真を撮って、誰が一番最初にアップして拡散するかを競っているのよ。二一世紀の戦争は、SNSバンザイ! よね」

「では、那覇か嘉手納へ向かったということですね。そこでいったん給油してから、警戒任務に就くのでしょう」

「いや、それはないわ。貴方、たった半日の訓練で、沖縄まで飛んで配置に就けなんて言える? これはそうじゃないわ。何かの作戦に駆り出されたのよ」

「なら、噂される水機団の増援の援護ではないですか。もうこれ以上の犠牲は出したくないでしょうから」

「それが一番しっくりいく推測だけど、別にこちらだって、たかがオスプレイを撃墜しに繰り出す余裕はないでしょう。日本側が神経質になる理由はわかるけれど」

地上から機付き長の高学兵《カオシュエピン》中尉が上がってきた。

「行けますよ！　少佐」

「了解。離陸します！　桂蘭は寝なさい。艦隊がこんな所まで下がってきたんじゃ、哨戒機に出番なんてないわよ。情けない限りよね」

「ええ。そうします。お気を付けて」

鍾少佐が機体を降りて離れると、すぐエンジンが始動した。艦隊が近いせいで、ひっきりなしに軍用機が離着陸を繰り返していた。だがそんな中でも、空警機の離陸は最優先だった。空警‐600を離陸させるために、十機余りの軍用機が、上空での旋回待機を強いられた。

先輩のことだから心配は要らないだろう。この機体が空中にいる間だけは、敵のステルス戦闘機を遠ざけておける。それが強みだった。

一度、前線に出すぎてイージス艦の収束ビームを喰らってシステムを焼かれたが、今は、安全な距離に留まって敵を警戒している。この機体が撃墜される心配はまず無かった。その時は、もう艦隊が完全に制空権を失ったということだ。

空警‐600が空に上がると、空軍の空警‐200空中早期警戒管制指揮機のデータが衛星経由でダイレクトに入って来る。

浩中佐は、瞬きの回数を減らし、目を皿のようにしてモニターを見詰めた。

そこには、航空自衛隊のF‐15戦闘機ではない反応の目標が映し出されていた。速度が、日本の戦闘機のそれより少し速い感じだ。

やがて、空軍はその目標をEXだと判定して旗を立てた。四機編隊が、沖縄本島から西へと飛んでくる。いや、僅かに南へと逸れて、魚釣島を目指している様子だった。

続いてまた四機、さらに四機と現れる。これまでは違う動き方だった。最近の自衛隊機は、八機編隊で飛んでいた。こちらに隙を見せないためだ。だがＥＸが四機で飛ぶ理由は何だろうと思った。

「機長！　葉凡《イエファン》少佐、ＥＸが現れたわ。少しフライトプランを修正して頂戴。普段より前に出ることになるかも知れないわ」

「了解、それ、ステルスが同行しているってことですよね。われわれを釣り出す作戦だ」

この機体の唯一の男性乗組員である葉少佐が、核心を質問してきた。

「そうね。間違い無くＦ‐35が同行している。ひょっとしたらＦ‐22Ａかも知れない。見える自信はありますから！　われわれが前に出ないことには話にならないわ」

「了解です」

機長は、副操縦士の秦怡《チィンイー》大尉に、中佐と話し合って飛行コースを詰めるよう命じた。

空警‐600は、その間もどんどん高度を上げ、沖合に展開する空母機動部隊を見下ろしながら南東へとコースを取った。

それを追い越すように、海岸線沿いの基地から、次々と戦闘機が上がり始める。あっという間に三〇機を超えて、まだ増える様子だった。内陸部の基地からも続々と編隊が上がってくるのだ。

戸河は、レーダー・コンソールの背後に立ち、自機の東西に現れた目標に注意を払っていた。大陸から涌いて出る戦闘機は、この機体では無く、ＥＸを狙っている。彼らは、それが空自の旧型戦闘機ではなく、最新型のＥＸであることを見抜いているのだ。

しかも、ステルスでなければ恐れるに足りぬと判断しているに違いない。手柄を上げる格好のカモだと。数で襲いかかれば、圧倒できると踏んでいるのだ。

「このグラウラー、どこから来たんですか？」

と内村が自機の南東方向に現れた編隊に注意を促した。

「後ろから来てないということは、厚木でも岩国でもないわよね。方角的には、グアムとか、硫黄島から飛んで来たのかしら。あるいは、空母がその辺りに潜んでいるとか……」

四機編隊、こちらも合計一二機で飛んでくる。

だが、そこから奇妙な編隊を組み始めた。

ＥＸの四機編隊を四機で囲み始めたのだ。だがそれは、守っているというより、ＥＸを生け贄の餌にしている感じだった。

そして更に、新たな目標が現れた。しかしそれは、このＡＷＡＣＳのレーダーに映ったものではなかった。

当然、見えて良いはずの場所を飛んでいる四機の編隊がいた。その目標は、那覇を飛び立った味方のＥ‐２Ｄ〝アドバンスド・ホークアイ〟が捉えたものだ。それも、真後ろからしか見えなかった。ステルス機だ。Ｆ‐35Ａより遥かにステルス度が高い何かだった。

「何こいつ？……」

「ラプターじゃないですよ。ラプターはこんな運用はしない。ミサイルにしては遅いし、ウイングマン構想の無人機ですか？」

「あれ、ステルスだっけ？」

「どの機体も、ステルシーですよね。一、二機は、ステルスを売りにしていたはずですが」

「でも、どれも実戦配備前でしょう？　もしかして、このＥＸの後席パイロットが操縦しているのかしら？」

「この構想の機体はサイズが小さいから、大型ミサイルとか積めないはずですけどね。何をさせるつもりだろう」

　背後から接近してランデブーしたその目標が、徐々に前方へと出始めた。遠ざかると同時に、E‐2Dからのレーダーからもあっという間に消えた。見えたのはほんの一瞬だった。あの最強の対ステルス・システムを持つE‐2Dに、一瞬しか見えないなんて化け物だと思った。

　新庄一尉は、四機編隊の二番機を務めながら、ジェイヘミクス《JHMCS》の液晶モニターにレギオン・ポッドの光学センサーが捉えた外界を映し出した。

　別に色が着いているわけではないが、自分の全身が空に浮いているような錯覚を覚える。首を回すと、センサーが同じ方向を向いて、その様子をモニターに投影してくれる。

　新庄は、やや左下を見遣った。本来なら、どう足掻いても見えない自分の股間すら覗けるのだ。機体やや左下方を、〝ヴァルキリー〟無人戦闘機が飛んでいた。

　無人であるから、もちろんコクピットはない。コクピットがないせいで、理想的なステルス・デザインをしている。

「チャン少佐、見えてます？　綺麗な機体ですよ！」

「ねえアイちゃん。しばらく集中させて。戦闘機のコクピットにいながら、他の無人機をタブレット端末で操縦するなんて、脳がバグるような難しい作業よ」

　事実、彼女は、左膝のニーパッドに装着した一〇インチのタブレット端末で、ウイングマンを操縦して格闘していた。しかし操縦という表現は相応しくないかも知れない。

彼女が指示するのは、あくまでもナビゲーションであり、操縦とは少し意味が違っていた。その端末のモニターに、操縦桿が表示されているわけではないのだ。飛ぶべき航路や高度、速度を指示し、敵を捜すべきエリアを微調整し、攻撃許可を出すのみ。ウイングマンは、武器を使い果たした後は、真っ直ぐ帰投するなり、あるいは囮として自分を犠牲にするモードもあった。

チャン少佐は、一瞬だけ正面のモニターに、新庄が見ているレギオン・ポッドの映像を表示させた。これにさっさとＡＩを搭載させて、深層学習でも何でもやって進化してもらいたいものだ。そうすれば、人間はこんな危険な任務からは解放されるだろう。

〝ヴァルキリー〟が徐々に編隊の前へと出始めた。

第六章　ウイングマン

魚釣島、東端の解放軍陣地では、斜めになった土地を利用して、旅団作戦参謀の雷炎《レイイエン》大佐が熟睡していた。小さな石ころがごつごつしている地面は、何かの拷問ベッドのようでもあったが、雷炎は、その上にポンチョや防弾ベストを広げ、軍靴を枕代わりに寝ていた。

情報参謀の戴一智《タイイーチィ》中佐が現れた時も、まだ夢の中だった。

「もう北京なのか？　晩飯はどこが良いかな？」

と寝ぼけ眼で呟いた。

「何言ってんですか？　ここは東シナ海の孤島ですよ。あいにく、高速鉄道は走っていない。大佐、よくこんな所で眠れますね」

「ああ、なんてことだ。朝日を浴びながらのんびりと蒸気機関車で走っていたのに……。僕は元来、どこでも眠れるたちでね、それが自慢だ。また寝て良い？」

「いいえ、駄目です。艦隊から警告です。まもなく敵の増援が入るだろうと。そのための陽動作戦が空で始まっています」

「そうなの？　空は静かだけどねぇ」

「艦隊が思い切り下がって、空戦空域は何百キロも北に移動しています。だから、こんな所じゃ何も聞こえませんよ」

「そうなのか。ま、ここが平和なら良いじゃないか」

「敵の増援が入るまではね」

「水をくれ。靴はどこだ……」

中佐は、ペットボトルを与え、軍靴を履かせてやった。暗闇で何も見えやしない。だが、マグライトを付けるわけにはいかなかった。今も、恐らく高度一〇〇〇メートル前後をスキャン・イーグルが舞っているはずだった。

この島に上陸して以来、ただの一度として島の制空権を奪ったことはなかった。

指揮所に出頭すると、参謀長も宋勤《ソンチン》中佐も揃っていた。

「お早う、大佐。ぐっすり眠れたようだね」

姚彦《ヤオイエン》少将は、明るい声で迎えた。

「今何時ですか?」

「たぶん、夜明け時だ。オスプレイの編隊が何処かを飛び立ったという情報はないから、夜明け過ぎの上陸になるかも知れんな。この前の、夜間の混乱に懲りたのだろう」

「そうですか。では、白旗を揚げて部下を救いましょう。作戦は、結局何も思い浮かばなかった。私は責任を取ってここで辞表を書きますから、敵に投降させて下さい」

「大佐の楽観主義には、本当に癒やされるね。いろいろ検討した結果では、たぶん向かってくるオスプレイの撃墜は今回は無理だろう。また武装したCH - 47が出て来て、機関銃を撃ちまくるだろうし、たぶん対岸からの支援砲撃もある」

「大丈夫ですよ。敵の上陸が完了したら、向こうから停戦の話し合いの申し出があるでしょう。それを受けて、エア・クッション艇に乗って逃げれば良いだけです」

「せめて後退とかにすべきだな」

と参謀長の万仰東《ワンヤントン》が抗議した。

「逃げるも後退も一緒ですよ。われわれには艦隊の援護も制空権も無かった。捕虜を連れて堂々と凱旋すれば良い。この島を脱出するときは、ただの負け犬ですが、大陸に戻ったらわれわれは英雄だ。一ヶ月ばかり休みを貰い、負傷兵を見舞って過ごせば、その間に台湾攻略は片付いていることでしょう。どんな勝算なのか知りませんが」

「停戦には応じない。もう少し捕虜が欲しいから戦うとでも言ってやるつもりでいる」

「それで部隊の半数を死なせますか？」

「いや、われわれは戦線を支えつつ撤退する。堂々とな。だから、大佐本来の作戦を考えてもらうよ。犠牲を最小に留めての撤退戦だ」

「それは望む所ですが、全員では無理ですよ。たぶん何人か、あるいは何十人か、足止め要員として島に留まることになる」

「わかっている。その人員も選抜する。エア・クッション艇が無事に沖合に出た後、白旗を掲げて良いことにする」

「了解です。ただ、いずれにしても楽な戦いにはなりませんよ。敵は数にものを言わせて、エア・クッション艇の奪還すら企図するでしょうから。平地からはもとより、稜線上からも降りてくることでしょう」

「だから、君の才能が要る」

「艦隊から何か言ってきましたか？」

「短文のテキストしか届かないが、目的の半分は達したし、今以上の援護が出来る状況にもない。島の奪還が不可能なことは明白だ。時間稼ぎも出来たことだし、凱旋してよしという感じだな。唐《タン》東明《ドンミン》提督も、ようやく現実を受け入れたということだろう。獲物は決して小さくない。彼の名誉が傷つくことはないさ」

「では、残る問題は、自衛隊が黙ってわれわれを撤退させてくれるかどうかですね」

「君が敵の指揮官ならどうする？」

「もちろん、ひたすら攻勢を掛けますよ。そうして歩兵を苦しめれば、エア・クッション艇はたまらず脱出するしかなくなる。そしたらいったん沖合に出した後、哨戒機や護衛艦で包囲して止めさせれば良い。われわれは、捕虜とした将軍を通信アンテナに縛り付けて脅して突破するわけにもいかんでしょう。解放軍は名誉ある軍隊だ。そんな卑劣なことは出来ない。そこで投降ですよ」

「そうだな。そこまで心配しても始まらんが、やるだけのことはやってみよう」

「自分はもう行きます！」

と〝蛟竜突撃隊〟の宋勤中佐が話を急がせた。

「うん。行ってくれ！　明るくなってから会おう。泣いても笑っても、これがこの島での最後の戦いだ」

宋中佐が暗闇に消えて行った。

「雷大佐、われわれは最善を尽くした。東沙島のようにはいかなかったが、恥じることはない」

姚提督は、自分に言い聞かせるように言った。

「しかし、静かだなぁ。ここはまるで、忘れられた戦場のようだ」

「直に、また賑やかになりますよ。耳を覆いたくなるほどの爆音と砲撃でね」

参謀長が、少し辟易とした感じで言った。各小隊長が、兵士を起こしに回り始めた。


空自のＡＷＡＣＳは、徳之島西方海上、三五〇キロを超えてまだ北西へと進んでいた。明らかに前に出すぎだった。唯一幸いだったことは、敵の中華神盾艦も、沿岸部に引きこもっていることだ。

この辺りで注意すべきは、戦闘機だけだった。

味方のＥ‐２Ｄも近くにぴたりと付いてきている。この機体のレーダーなら、中国のステルス擬きのＪ‐20戦闘機がくっきり見えるはずだった。

すでに、この機体は、敵戦闘機部隊の背後に控える中国版ＡＷＡＣＳに見えている。お互いが見えているのだ。ただ戦闘機という槍が届かないだけ。

そして、中国側戦闘機は、現状では、このＡＷＡＣＳではなく、ＥＸ部隊を狙っていた。

空警‐600を指揮する浩菲《ハオフェイ》中佐は、四機編隊のＥＸが八機に増えた時には少し焦ったが、それがスーパー・ホーネットであると判定が出てからほっと胸を撫で下ろした。

こちらは、まるまる一個飛行隊の戦闘機が向かっている。さらにその背後に、もう一個飛行隊が続いている。つまり八機の敵戦闘機部隊を五〇機近い戦闘機で迎え撃とうとしているのだ。もちろんこちらも犠牲を払うことになるだろうが、最終的には、武器の優劣ではなく、数がものをいうだろう。

たとえ二〇機撃墜されても――、いや、それは困るが、八機撃墜できれば、部隊の士気は上がるだろう。

すでに、彼我の戦闘機部隊は、互いをレーダーで捕捉できる距離に接近していた。あとは、どちらが、より射程の長いミサイルを持っているか、どちらがどのタイミングで引き金を引くかだ。敵のアムラームＤ型ミサイルの方が優れていることはわかっている。一機毎の搭載数も多いが、最後にはこちらが勝つのだ。

先頭編隊の彼我の相対距離が一五〇キロに達した瞬間、突然、別の目標が現れた。

味方戦闘機編隊の遥か背後、海面付近から何かが急上昇してくる。最初はミサイルかと思ったが、そうでは無かった。ミサイルの速度ではない。しかしその目標が突然分裂しだしたのだ。今度はミサイルだ！

背後から味方部隊に襲いかかっていた。

海面スレスレを飛んでいた二機のXQ‐58A〝ヴァルキリー〟は、予定エリアに到着すると、上昇反転モードに入りながら、一八〇度ロールを打った。より優れたセンサーを装備する腹側のEOセンサーで敵目標を探知し、味方戦闘機が送って遣すデータと照合し、二機でデータリンクを開始した。

そして、攻撃目標を割り振ると、またロールして姿勢を戻しつつ上昇を続けた。

ウエポンベイを開いて、ハヤブサ《ペリグリン》と命名された空対空ミサイルを次々と発射し始める。このミサイルは、アムラームの半分の全長で、全く同じ性能を持つという優れもののミサイルだった。

ウエポンベイが小さいステルス戦闘機用ミサイルとして開発されていた。

浩菲中佐は、「そんなバカな！」と呻いた。戦闘機の弱点、真後ろ下方からのミサイル攻撃だ。それも、気付いた時には、もう手遅れだった。チャフ・フレアを放つ寸前に、機体が貫かれていた。こちらから警報を出す暇も無い。

発射母機は、徐々に高度を下げ、また海面の波の上へと消えて行く。

なんだ？　これは……、と思った。F‐22ではない。そんな速度は出ていなかった。F‐22ならスーパー・クルーズで脱出するはずだ。

「中佐、今の何ですか！　一瞬で消えた。まるで

あれ自体がミサイルのようだった」

副操縦士の秦《チィン》大尉がコクピットから振り返ってくる。彼女には、たぶん爆発する戦闘機の輝点が肉眼で見えたはずだった。

「ウイングマンだわ！　ウイングマン構想の無人戦闘機よ。たぶん、ものはヴァルキリーね。こんな戦い方をするなんて……」

だが、それはまだ始まったばかりだった。敵編隊の両翼が拡がっていた。そろそろミサイルを撃つはずだと思った瞬間、レーダーが突然、真っ白になった。敵の弾幕妨害が始まったのだ。だが、こちらの編隊の中にも、対レーダー・ミサイルや、対レーダー・ミサイル・モードを持つミサイルもいる。対応はできるだろう。

「スーパー・ホーネットじゃない。あの四機はグラウラーだったのね」

そして、レーダーが目つぶしを喰らっている間に戦闘機部隊が接近し、あとはイメージ誘導ミサイルの交戦に持ち込めば良いのだ。

ＥＳＭステーションの兵士が、「変ですよ？これ」とインカムで話し掛けてきた。

「なんでよ？」

「弾幕妨害の出所を特定できない！」

「わかりません。なんだか、幅一〇〇キロ近いというか、二〇〇キロくらいに拡がって仕掛けられています！　発信源の特定は無理です。対レーダー・ミサイルは撃てません！」

「まあ、良いわ。直にＩＲＳＴのセンサー交戦圏内に突入する。ほんの数十秒の忍耐よ」

こちらのレーダーもブラックアウトしたままだ。何も映らなかった。

新庄一尉は、全身の毛が逆立つのを感じていた。レギオン・ポッドが次々と目標を探知して優先順位を選定、アムラーム・ミサイルにターゲットを割り振っていく。

　発射は、一度モニター上の承認ボタンを押せば完了だ。トリガーを引く必要も無い。

「よろしいですか？　少佐」

「やりなさい！」

「了解、敵機を攻撃します」

　彼女らが真っ直ぐ飛んでいる間に、編隊間のレギオン・ポッド同士で、赤外線を使ったデータリンクが確立され、その四機の中ですら、ターゲットの割り振りが為されていたのだ。

　各機、自衛用に二発、グラウラー防衛用に二発を残し、残る一〇発のミサイルを発射して良いことになっていた。

　敵の一個スコードロン編隊は、すでに後ろの八機を失っていたが、まだ突っ込んでくる。一二機が、編隊長機と新庄機のたった二機によって撃墜された。

　その敵編隊の後に続いていたもう一個スコードロンが突っ込んでくる。ＥＸの後続二機編隊が再びレギオン・ポッドでアムラーム・ミサイルを発射する。

　前方で何が起こったのかわからない中国軍機が、次々と撃墜されていく。撃ち漏らしは無かった。一発で一機。アムラーム・ミサイルは、いったん真っ直ぐ上昇すると、下降フェーズでマッハ四に加速して敵戦闘機に真上から貫くように襲いかかった。

　敵機は、赤外線捜索追尾システム《IRST》で、向かってくるミサイルの航跡を捕捉していたが、速度があまりにも速かった。ＩＲＳＴがミサイルを捕捉してから、命中まで二〇秒も無いのだ。しかも何を狙っているのかは直前までわからない。ミサイルが、自分を含む味方編隊に向かってくるというだけだ。もちろんそれだけでも恐怖だが、自分がターゲットだとわかった時にはもう手遅れだ。回避運動もチャフ・フレアも間に合わず、あるいは効果もなかった。

アムラームは、命中する寸前に、アクティブ・レーダーを入れて、コースを修正し、次々とヒットしていく。淡々と撃墜していく。

グラウラーがジャミングを止めた途端、AESAレーダーが蘇る。目前に敵機はもう一機も残っていなかった。

「味方は全機無事。ESMに敵レーダーの感ナシ。引き返すわよ！」

「敵はどこですか？　何機殺ったんです？」

「レギオン・ポッドの判定では、撃ち漏らしはないはずよ。ターゲットが何機だったかは、ちとわからないわね。帰りながら、交戦データを再生しましょう。とにかく、反転よ」

編隊長機からも、反転帰還の指示がモニター上に届く。

新庄は、何かきつねに抓《つま》まれたような気がしていた。アフターバーナーを焚くでなし。高G旋回をするでなし。単なるミサイル・プラットホームを操縦していただけだ。これを空中戦と呼んで良いのだろうか？　と思った。

彼女の四機編隊とヴァルキリー二機だけで、四〇機を超える戦闘機を撃墜していた。事実上、一〇倍の敵機を撃墜した。まさにワンサイド・ゲームだった。

浩菲中佐のレーダー・モニターが戻った瞬間、前方に味方機はいなかった。中佐は、慌てて引き返すよう、パイロットに命じた。

何が起こったのかはさっぱりわからない。気付いたら、戦闘は終わり、空を埋め尽くしていた味方機は消え去り、敵編隊は悠然と引き揚げて行く。一瞬、中国軍機だけ別の時空に飛ばされたのか？と思いたくなる状況だった。

だが、さらに不運な事態が発生していた。真下の艦隊で、燃えている艦がいた。フリゲイト一隻に、補給艦二隻が炎上していた。

ＥＯセンサーで下を覗くと、赤々と燃えている軍艦がいる。しかし空警-600のＥＯセンサーは、洋上を漂う何かも捉えた。漂流物だ。明らかに温度が周囲より高い場所もある。何かが爆発して沈んだ後だった。すぐ、もう一隻、フリゲイトが沈められたことに気付いた。フリゲイトの一隻は、空母の僅か五キロしか離れていない所で被弾していた。

これもヴァルキリーの仕業だった。アメリカは、いつでも空母を沈められるぞと、その技術の高さをアピールしたのだ！


癪な話だった。恐怖が拡散しつつあった。たった一二機の戦闘機に、一二〇機を超える味方戦闘機が撃墜された。味方の戦闘機は、一瞬とて敵機の姿を見ることは無かった。

もちろん、撃墜に成功した敵機もいない。こんなワンサイド・ゲームは初めてだった。

とんでもない！……。とんでもないわ、と浩菲中佐は口の中で呟き続けた。

アメリカは、われわれとは次元が違う戦争を仕掛けている。この戦争にはとても勝ち目はないぞ……、と打ちひしがれる思いだった。


魚釣島の夜明けは、北小島に布陣する一二〇ミリＲＴ迫撃砲の号砲で始まった。バラクーダ・ネットの下から、一斉に砲撃が始まった。まずは、敵の指揮所周辺に、そして、敵の主力部隊が潜む辺りに。ただし、榴弾の類いでは無かった。全弾、白燐弾、則ち煙幕弾だった。薄い靄《もや》が、夜明け時の静かな地上に拡散していく。

解放軍の指揮所周辺では、自分の足下も見えないほどの濃い靄が立ちこめ、指揮能力が一時的に奪われる状況になった。

その中で、オスプレイが突っ込んでくる。夜間に上陸する予定だったそれぞれのランディング・ゾーンでホバリングし、ファストロープで水機団の隊員を次々と降ろしていく。

上陸した隊員は、まず一目散にそこから離れて散開した。そしてマガジンを装填し、敵の襲撃に備えた。前回の奇襲に懲りての作業手順だった。

全機が上陸を終えて引き揚げて行く。だが、部隊集合には更に一時間近い時間を要した。

土門陸将補は、原田一尉を伴い、水機団中隊の指揮所で第一機動連隊連隊長の白馬剛一佐が現れるのを待っていた。

白馬は、新しく編成した連隊本部小隊の面子を従えて現れた。

「待ちくたびれたよ、白馬さん」

「遅くなりました、水機団長！」

「なんでこんなに遅くなったんだ？」

「それが、恐らくは統幕の判断だろうと思いますが、暗闇の中でのファストロープは危険だとの判断で――」

「なんでだ。そんな訓練やっているだろう？」

「それが、実のところ、フル装備でのファストロープ訓練は、数えるほどしかやっておりませんでして。何しろ危険なので……。それで夜明けを待てという命令になりました」

「じゃあ、私らは引き揚げさせてもらって良いかな？」

「ご冗談を。誰が水機団を指揮するのですか？」

「白馬さんさ、どうせ二、三年も経てば、陸将補に出世と同時に水機団長として戻ってくるわけでしょう？　二年後も今も同じじゃん？　そもそもこの程度の戦力なんて、人数的には一佐も要らん。二佐殿の指揮で十分だ」

「それを仰るなら、陸将補の部隊だって、規模としては中隊以下ですよね？」

「私の部隊はその数で、旅団並みの仕事をするぞ！」

「七〇名戦死の責任の一端をお感じであれば――」

「一端も何も、全部、私の責任だよ！」

「そんなことは誰も言いませんから。この部隊には、重しが必要です。捕虜となった水機団長の替わりとなる、立派な重しが。それは自分らには務まりません。土門さんのようなベテランでないと」

「敵は今や、われわれの三分の一以下の戦力だ。ひょっとしたら四分の一以下だな。まずは停戦協議の申し入れをして、相手の顔を立ててエア・クッション艇でお引き取り願えば良い。捕虜を連れたままで構わないからと。簡単な交渉だ。弾一発飛ばない」

「それこそ陸将補のお仕事ですよね？」

「まあ台湾軍がすでに申し入れたよ。部隊が参集している間に。返事はノーだ。そっちこそ出て行けと」

「彼ら、玉砕するような性格には見えませんから、もう一戦繰り広げてから撤退するということでしょうね。その場合は、沖合でエア・クッション艇を止めましょう。もう中国の戦闘機もここまでは出て来ないでしょうから」

「ここで睨み合うだけじゃ駄目か？」

「駄目です。自力救済して見せないと、同盟国からも見捨てられますよ」

「アメリカさんから見守られているという感触はないけどね」

「敵を叩き出せという命令でやって来ました。戦略的忍耐を続けるために来たわけではありません」

「わかった。ここから先、発生する犠牲に関しては……」

「もちろん、連隊長として自分の責任です。引き続き、ご指導を願います。ところで、ここは地図からだいぶずれてませんか？　探すのに手間取りました」

「当たり前だ。水機団長捕虜のような事態はたまに起こる。後方に伝える地図に正直な情報は書けないさ」

「さすが、お見事です。自分からは以上です。指揮所を立ち上げさせます」

「ああ。その間に、台湾軍の指揮所に挨拶に行ってくれ。原田君が案内する」

　連隊指揮所としては狭すぎるので、隣に天幕を張ることになるだろう。原田は、白馬を先導して歩いた。衛生隊員の教育で、原田は何度も駐屯地を訪れて、白馬とは面識があった。

「申し訳ありません。あの態度……。上官にあるまじき態度で……」

「いやぁ、気にしてないよ。する暇もない。七〇人も死なせてなお、指揮を執れという命令こそ酷だ。君も大変だったんだろうね」

「はい。出来るだけのことはしたつもりですが、あまりにも負傷者が多くて。腕の中で二人、看取りました。あんなことはもう二度とないと思いたいです」

　途中、積み上げられた墓石の横を通った。立ち止まって白馬が手を合わせる。

「これ、あれだよね。尖閣諸島戦時遭難事件の墓だ。遺骨の回収もできないなんて理不尽な話だ。われわれがここで勝ったら、ここに施設でも建てて居座れると思うかい？」

「無理でしょう。隊長は、そんな露骨なことはうちの政府はしないだろうと言っています」

朝日が昇っていたが、雲は相変わらずだった。どんよりとした雲が日差しを遮っている。この五日間の戦いを象徴するような陰気な天気が続いていた。

原田は、少し奇異な印象を受けた。戦死した七〇名のほとんどは、彼の部下のはずだ。だが、オスプレイの残骸の横を歩いても、心を動かされている感じはなかった。太平洋戦争中の犠牲者の墓石の前では立ち止まって拝んだのに、二〇名以上が戦死したオスプレイの残骸には目もくれなかった。

「仇討ち」を口にしてもおかしくないのに、感情の波を、白馬一佐から感じ取ることが出来なかった。徹頭徹尾冷静に見える。本音を押し殺して冷静さを装っているわけでもなさそうだった。なぜだろうと訝しんだ。

Ｆ‐15ＥＸ〝イーグルⅡ〟編隊の帰還は身軽だった。ドッグ・ファイトと呼べるような状況にも発展しなかったので、センターに装備した増槽も捨てずに帰還した。

百里に着陸しても、まだ千歳まで飛べるだけの燃料が残っていた。

コクピットを降りても、特に快哉は無かった。皆、やり遂げたという実感も無い。凄まじい戦果だったが、自分たちが挙げたキル・スコアだという実感も無かった。

誰の機体がそれぞれ何機撃墜したかを評価する

には時間が掛かりそうだったので、ひとまず、J-11戦闘機十機分のキル・スコアを機首部分に描かせることになった。これでも、実際に撃墜した数の半分にも達しなかったが。

新庄は、自分でもそのマークを描き入れる場面を写真に撮ってもらったが、さっぱり実感が湧かなかった。

「たちまち、エース・パイロットよね、アイちゃん」

チャン少佐も、この戦果に喜んでいる感じでは無かった。

「起こったことの状況をなかなか飲み込めないですよね。あの戦闘機のパイロットら、誰一人脱出する暇も無かった……。パラシュートを見ました?」

「いいえ。一つも確認できなかった。マッハ四でミサイルが突っ込んでくるのよ。考えている暇は無いわね。チャフをばらまくだけで精一杯。この戦闘機が通用するのは、実のところ、向こう四、五年が限界だろうと見られていた。だから州空軍に配備されたのよ。本土防衛くらいにしか使い道が無いからと」

「贅沢な軍隊ですね」

オリバー・R・エバンズ中佐が機体を一機一機回って、パイロットを労っていた。実質的には、彼が飛行隊長のようなものだった。

「ご苦労さん、二人共。ウイングマンの初出撃兼初手柄だ。どんな感じだった？」

「ええまあ。何とかやってのけました。結果としてワンサイド・ゲームになりましたが、そういつまでも通用する戦法ではないでしょうね。グラウラーの運用方法もばれたことだし、敵はすぐ対応しますよ」

「うん。そう思うな。だが、少なくとも、われわれはいつでも、どこに引きこもろうが、そちらの空母を撃沈できることを意思表示できた。空軍も国防総省も戦果に大満足しているよ」

「これで中国は下がりますか？」

「そう願うが、あちらも面子がある。どうだろうな。台湾なんて、いったん上陸してしまえば、後は制空権なんて要らないだろう。歩兵同士の殴り合いだから。国家として、アメリカが台湾侵攻は認めない、全面的に関与すると宣言できれば良いんだろうが、そこまでやりきる覚悟があることを願うよ。勝ちすぎたとは思わないが、求められた結果をきっちりと出して、全機無事に帰還したことが何よりだ。皆、似たような反応だが、この勝利の実感はじわじわと湧いてくるさ。シャワーでも浴びて、半日くらい寝てくれ。今日いっぱいの出撃はないだろう。敵は今、打ちのめされている。新庄大尉もご苦労だった！　丸山将軍に電話を一本入れてやりなさい。気にしているだろうから」

「はい中佐。有り難うございます。これ、ヴァルキリーの戦果も描いて良いんですか？」

「もちろんだ。ヴァルキリーのイラストを描いて、その右側にキル・スコアを入れれば良い。この機体、一週間も出撃し続けたら、ヤクザみたいに、キル・スコアで全身入れ墨状態になるぞ」

「それはそれで、達成してみたいですね」

とチャン少佐がキル・スコアを見上げた。ほんの少しだけ、笑顔と安らぎが戻った表情になった。

訓練を終えたEXが降りてくる。もう三日もすれば、この部隊は日本人パイロットだけで回せそうな気がした。それほど上達が早い。整備性も共通だし、やはりイーグルはイーグルだと思った。

浩菲中佐が指揮する空警‐600は、その後も燃料が尽きるまで、艦隊上空に留まり続けた。味方の戦闘機は、いったん全機が撤退した。空警機を守っていた護衛戦闘機すら一時的に下がったほどで、艦隊防空は、数時間にわたってがら空きになった。

炎上する補給艦やフリゲイトの消火は早々に諦め、夜明けを待ち、味方艦による主砲攻撃で撃沈された。洋上を漂い、救出された乗組員は、僅かに留まった。

浩菲中佐が寧波海軍飛行場に戻ってきて着陸し、エプロンの定位置に駐機する。皆青ざめて機体を降りてくる。

浩中佐は、地上に足を付けるなり、右手に提げた航空ヘルメットを「該死的《ちくしょー》！」と地面に叩きつけた。

ヘルメットがバウンドして、何十メートルも転がって見えなくなった。

ハンガーの奥から、鍾桂蘭《チォンクイラン》少佐が飛び出してきた。地上に留まった連中は、皆不安そうな顔をしていた。戦闘機隊潰滅の情報はすでに知れ渡っていたのだ。

「いったい何があったんですか？　突然、飛行隊ごと消えたそうですが……」

「してやられたわよ！　駄馬に振り回されてこっちは落馬しそうなのに、見事な毛並みの馬を揃えてラインダンスを見せつけられたようなものよ。スーパー・ホーネット四機＋ＥＸ四機のつもりだった。ところがそのスーパー・ホーネットは、戦闘機じゃなかった。電子戦機のグラウラーだった。それが、四機編隊で同調して弾幕妨害を仕掛けてきた。四機が周波数を重ねて電波を出す。ただし強弱は付けてね。そうすると、こっちは発信源が読めないから対抗措置が打てない。ごく初歩的なラジオの原理よ。あんなのに引っかかるなんて。

挙げ句に、レーダーがブラックアウトしている最中に、敵はＥＯセンサーでターゲティングしてアムラームを撃ってきた。信じられる？　イメージ誘導ミサイルの何倍もの射程距離を持つアムラームを、ジャミングの嵐の中で悠々と撃ってきたのよ。あんな戦法があるなんて、うちは何というか、中学のブラスバンド。あっちは、プロオケよね。それくらいの差があったわ。おまけにウイングマン。もう戦場に投入してきた。

アメリカは、もっている戦力をほんのちょっと披露して、自分らが本気を出せばこんなもんだと誇示してきた。勝てないわ……。絶対勝てっこないわよ」

「まあでも、この機体とクルーが無事で良かったですよ。そのウイングマンは、ステルスだったのですか？」

「そう、間違い無い。あれはヴァルキリーよ。もっと近ければ、攻撃前にＥＯセンサーで捕捉できたと思うけれど。データリンクをどうやっているのか聞いてみたいわね。何処から操縦していたのかも」

「艦隊防空ががら空きです。台湾が知ったら、攻撃部隊を繰り出してきますよ」

「黄海の奥まで逃げることね。北京沖まで逃げれば、さすがに追っては来ないでしょう。空母なんて金喰い虫を作っている暇があったら、空軍にもっと金を遣せばよかったのよ。ほんの一瞬で、戦闘機百機以上と優秀なパイロットを失った……。こんな状態でどうやって戦争を継続するのよ」

「上が、詳細な報告書を求めています。何が起こったのか正確に把握している人間がいないようです。私が聴き取って作成しますから、お茶でも飲みながら作業しましょう」

「そうね……」

振り返ると、機体から秦怡《チンイー》大尉が降りてくる所だった。

「大尉！　私の席からセンサーのログ・データを取ってきて頂戴」

「北京の指導部にそれを見せるべきですね。そしたらこの戦争は終わる。台湾奪還なんて白日夢だと受け入れて」

「指導部ねぇ……」

浩菲中佐は、ふと立ち止まった。

「ねえ、最近Z世代に毛語録が流行っているのを知っている？　『毛沢東選集』が隠れたベストセラーになっていることを、党は必死に隠そうとしている。何しろ、毛沢東を読む若者は取り締まれない。笑っちゃうわよね」

「私はぎりぎりそのZ世代に外れるんですよね。現代の中国社会は、抑圧者と被抑圧者との間断なき階級闘争の最中ですか？」

「違う？」

「さあ、どうかしら。私たちエンジニアは、そういう話にピンと来ないから」

「この国は変よ。優秀なパイロットを何百人も死なせて、それでも誰かさんの夢に人民を駆り立てようと必死になっている。若者にはろくな仕事もないというのに。私たちは、エンジニアとしての本分に徹して、若者の未来に貢献しましょう」

中佐は、再び歩き出した。この基地の外で猛威を振るっている疫病のせいで、また多くの若者が仕事を奪われ、楽しみを封じられ、男女の出会いの機会を奪われることになるのだ。

内なる革命が、この大陸の何処かで、静かに進行していそうな気がしていた。

魚釣島では、水機団二個中隊が攻勢を仕掛ける準備をしていた。土門は、水機団指揮所の立ち上がりを確認すると、邪魔だろうからと自分の指揮所へと引き揚げた。

原田がそこで待っていた。いったん指揮所を出て、土門と二人きりになった。

「白馬一佐の様子はどうでしたか？」

「どうって？　何が」

「感情の起伏が消えています。精神的に少し危険な感じがしたのですが……」

「そりゃまぁ、私は他人様の部下を七〇人も殺したが、彼は自分の部下を七〇人失ったんだからな、感情の起伏も消えるだろう。どこかでスイッチを切らなきゃやってられないと思うぞ」

「そういうのとは少し違うと思いますね」

「危ないと思うか？」

「率直に言えば、今の彼に指揮を任せるのは危険だと思います」

土門は、指揮所に戻った。まだ連絡員として富坂俊郎三尉が留まっていた。

「富坂さん、ちょっと来てくれ」

三人で、改めて話し合った。

「富坂さん、白馬さんのこと知っている？」

「いえ、ああいう一選抜のエリートは、部隊に長く留まるわけじゃないですからね。でも自分は尊敬してますよ」

「あれ、国士様じゃないよね」

「全然違いますね。あの人は、その手の精神主義が嫌いで、訓練は合理性あるのみという人です。そのせいもあって、現水機団長とはちょっとそりが合わなかったんです。だから、上陸は別々になって助かった」

「そうなんだ……。やっぱり変だな。そういう男でも、仇討ちを口にしないのは変だ。済まないけど、うちの無線機を持って指揮所に戻ってくれる？　連隊長の態度他、もし危ういと感じたら、報せてほしい」

「了解しました。ただ、これからドンパチが始まるのに、無茶な命令とそうではない命令を聞き分けるのは難しいですよ」

「うん、わかっている。よほど危険なことを命じなければ介入はしないつもりだ」

「ではそういうことで」

「自分は救護所の準備に入りますがよろしいですか？」

と原田が聞いた。

「部隊はどうすんの？」

「自分が不在中の指揮ぶりは見事だったと聞いています。まるでカラヤンかアバードみたいだったと」

「そりゃ嬉しいね。行ってこい」

土門は指揮所へと戻った。

「ガル、煙幕の要請はあったか？」

「いえ、ありません。単純に壁を作ってガンガン力押しする様子です。一応、迫撃砲小隊は待機しています」

「この後、一〇人戦死してさ、得られる戦果はその犠牲に見合うのか？」

「少なくとも米軍は誉めてくれますよ。自分でお尻を拭けるようになって何とかちゃんも大きくなったねぇ、と」

「しばらく見守ろう。我慢できれば良いがな。一〇人も戦死したら、口出しして後退させるぞ」

「了解です。でもまあ、数では圧倒してますよね」

「そういう時こそ危ないもんだ。敵はもう手練れだからな」

数では圧倒しているが、何しろこっちは事実上の初陣だった。

井藤元一佐は、外務省飯倉公館の一室で、外務審議官の片倉宗一郎と向き合っていた。

大理石のマントルピースがある豪華な部屋で、テーブルを挟んで、電子黒板に、パソコンの画面を映し出していた。

「何分くらいなら流せるの？」

「ミサイル警報用テキストなら、そりゃもうガラケーの画面に表示出来るだけの量ですよ。一五〇字が限界です。テレビやラジオ放送用はもう少し長くて構いませんが、大衆の集中力が持つ限界がある。現総理の話は面白いとは言え、そもそもこれはテーマが重い。極力そぎ落とすしかありませんね。要点は、忍耐と冷静さです。とりわけ忍耐かな。中国の反応はどうですか？」

「アメリカは、EXの戦果を台湾にリークして、台湾ではぽちぽち報道が出始めた。それはそっくり大陸のネットにコピーされるから、さざ波が拡がっているみたいだ。特に、空母機動部隊がすでに引きこもっていて、アメリカの戦闘機がそれに肉薄できたという事実が衝撃を与えていると……。チャイナ・スクールの見解ではね」

井藤は、カタカタとノートパソコンのキーボードを叩いて、原稿の文言を修正していた。

「これ、インターネット網の寸断や携帯の不通、停電とか、銀行ATMの麻痺。ここまで具体的に言っていいの？」

「だって、それ現実に起こるんですから。起こらなければよしとするしかない」

「どのくらいの猶予があるんですか？　これを流してから」

「最大でも一時間でしょうね。僕は五分かそこいらだと見てますが。お茶の間に最大の衝撃を与えるには、夜のNHKニュースに間に合う辺りが良いでしょう。街が暗くなり、人々が不安に怯える中で、中国が大戦果を発表する。こっちは、中国軍機を瞬殺しましたなんて自慢できませんからね。その直後に大停電。徐々にネットが落ちて……。

手順を踏まないと。ところで、国会対策をよろしくお願いします」

「井藤さん、台湾派には見えないけどね？」

「ああ、全然違いますよ。台湾のことなんてどうでもいい。ただ、共通認識を持って頂きたいのは、ハイブリッド戦争は、紛れもなく戦争なんです。終わってみれば、国家は負けている。戦争のまっただ中に放り込まれたのだという自覚を皆さんで持って頂かないと、勝利はありません。社会のインフラは、いずれ回復できる。国民はただ忍耐すれば良い。だが国家のダメージ・コントロールは、容易じゃない。それは結局は、リアル・ウォーでの敗北へと繋がる。よっしゃ！　こんな所でどうかな……。どうです？」

「簡潔にして明瞭。北京は驚くだろうな、尖閣での攻防が片付いた時点で、日本政府がこんな決断をするなんてと。その前に、うちのチャイナ・スクールは卒倒する」

「今日までは局地戦だった。明日からは総力戦になります。中国は絶対に怯まないでしょう？」

「そうねぇ……。いや、チャイナ・スクールに言わせると、中国は、もう少し合理的な思考をするだろうと思っていたらしいんですよ。兵士の犠牲だって無視はできない。党の名誉が傷つくことも。だがここまで来てみれば、今回の彼らは、台湾奪還をやり遂げる決意を固めているようだ。アメリカもそれがわかっているから、おいそれと台湾防衛に乗れない」

井藤は、ファイルを保存し、USBメモリを片倉に手渡し、ノートパソコンを閉じて腰を上げた。

「なるべく、総理の近くにいて下さい。自分は、すぐには駆けつけられないので」

「了解です。停電は困るなあ。ワインクーラーが駄目になる」

「飲めば良いんですよ！　何ならお付き合いします」

「その時は声を掛けますよ」

井藤は、荷物を持ち、パナマハットを被ると、足早に去って行った。

第七章　奪還

魚釣島で銃声が響き始めた。八九式小銃の銃声だ。確実に押していたが、始まって三分も経たない内に、最初の戦死者が出た。

だが、水機団は怯むことなく、横に展開してラインを上げ始めた。前進が軌道に乗った所で、白馬連隊長も指揮所を離れて前線へと指揮に出た。

土門は、その様子をスキャン・イーグルで監視していた。実際には、戦場は見えない。ジャングル・キャノピーの下で弾が飛び交い、隊員が前進しているのだ。ごく稀に木々の揺れを見て取れる程度だった。

「前進が早過ぎはしないか？」

「勢いがある時はこんなものですよね」

とガルが応じた。

「敵はブービー・トラップの類いは仕掛けていないみたいだが……。エア・クッション艇の動きに注意しろ。迫撃砲を撃ってこないのはなんでだ？」

「そりゃ、向こうが迫撃砲を使えば、こっちは北小島から倍返しがあるとわかっているからでしょう。まだ大丈夫ですよ」

「なんで白馬は指揮所を出たんだ……」

明らかに、水機団には勢いがあった。このまま押し切れそうな雰囲気だった。

解放軍部隊でも動きがあった。銃弾が飛び交う僅か後方で、姚《ヤオ》提督と万《ワン》参謀長がメッセージが表示されたタブレット端末を覗いていた。

「こんな最中に戻ってこいか……。これは命令だよな」

「そうですね。命令です。返事も求めています」

「どういうことなんだ？」

「台湾のラジオですが、今朝方、寧波沖で大空中戦が繰り広げられ、艦隊でも、空母のすぐ隣りに居たフリゲイトが撃沈されたらしい。その噂が大陸でも拡がっているんでしょう。軍として、それを否定するためにも、エア・クッション艇と捕虜の絵が欲しいのでしょう」

「どうする？　この状況下ではそもそもエア・クッション艇に辿り着くのも大変だぞ。背中を撃たれ、流れ弾に当たるのがオチだ」

「雷炎《レイイエン》大佐の手でいくしかありませんね。幸い、長安街も、東の方は道が太い。走れます。エア・クッション艇を指揮所近くに接岸させて、そこから乗り込むしかない」

「北小島からまる見えだな」

「そこは、どこに移動しようがドローンからまる見えですよ。敵は撃てないと割り切りましょう」

「よし、どの道、ここはもう持たないんだ。下がろう」

提督は、伝令を各所に走らせ、直ちに後退を開始した。

土門は、無線でチェストこと福留弾《ふくとめだん》一曹を呼び出した。

「今どこだ？」

「崖は降りました。敵の気配は全く無し。たまに跳弾はあれど、流れ弾が頻繁に飛んでくるというほどのことはありません」

「富坂三尉に持たせた無線をダックがワッチしている。そこへ向かえ。ぶん殴って構わんぞ。暴走したバカが部下もろとも突っ込む前に止めろ」

「了解。チェスト、アウト――」

「エア・クッション艇、岩場から離脱するようです」

ボートの周囲に白波が立って、エア・クッション艇が乗り上げていた岩礁から離れようとしていた。

「追撃を止めさせろ！　ガル。部隊に止まるよう水機団指揮所に命令しろ」

「白馬連隊長は、恐らく、敵の前線指揮所へと向かっていますね。山側から迂回しているので、速度が落ちています」

「チェストとの距離はどのくらい開いている？」

「まだ四〇〇メートルはありそうです。ダックから……、ええと。敵の後退を確認したそうです。部隊が下がっていると」

「よし、たぶん、東端から乗船するんだろう。足止め要員がいるはずだ。エア・クッション艇にある無線機と通信できるか？」

「旧ＲＯＭと差し替えれば可能です。ただし、敵が聞いていればの話ですが……」

「貸せ。俺が呼びかける。間に合えば良いがな……」

「どっちがです？」

「どっちもだ。全く、世話を焼かせやがって。チェストを誘導してやれ。最優先だ」

白馬一佐は、四名を連れてひたすら山側へと登って迂回していた。目が据わっていた。危険であることを副官が進言したが、全く耳を貸さなかった。反論すらしなかった。

富坂三尉は、土門に状況を伝えた後、その四人に加わり斜面を登った。きつい角度の山だった。あんな形相の白馬は見たことがない。まるで別人格のようだった。

　自分で組み伏せようかとも思ったが、仲間の助けが得られる自信が無かった。恐らくは副官から止められるだろう。彼らは仇討ちしか頭に無かった。

　エア・クッション艇のエンジン音が、ジャングルの中まで響いてくる。兵士らは銃を捨てて走っていた。置き去りにされないよう必死で走っている。

　雷炎大佐は、「慌てなくて良いぞ！　最後の一人まで待てる」と叫んだ。

　たぶん、最後の一人なんて待てやしないだろう。皆、銃声に追い立てられているのだ。

「大佐、君も来い！　一緒に帰るぞ」

　と姚提督が誘った。

「いえ。これは自分の作戦ですから、私が足止めします」

「君は鉄砲の撃ち方も知らんから足手まといになるだけだろう。ここは、宋勤《ソンチン》中佐が支えてくれる。そういう仕事も彼らの役目だ。急げ。置き去りにされるぞ。私の後にもう一般兵はいない」

「気が引けるな。同僚を残して島を去るのは」

「彼は、京都見物でもして帰国するさ」

　雷炎は、ピストルすら持っていなかった。身軽なものだ。

　姚提督がエア・クッション艇に辿り着くと、通信兵が自衛隊の無線機を持って待っていた。敵の指揮官が出ていると言う。

　姚はそれを受け取って英語で話し掛けたが、向こうは流ちょうな北京語で応答してきた。

「繋がって良かった！　姚彦《ヤオイエン》少将。自分は、今水機団を指揮している仮の水機団長です。土門陸将補です。見事な戦いでした。撤退を確認しています。われわれは、エア・クッション艇の針路を阻止することはありません。繰り返します。エア・クッション艇を阻止することはありません。理由は、海上で事故を招く可能性があるからです。了解しましたか？」

「聞こえた。聞こえました。これを喋っているのは、その土門将軍ご自身か？」

「そうです！ 自分は、中国屋です。それはともかく、まだ銃声が聞こえることをお詫びします。命令が最前線までなかなか届かない。それで、当然、そちらは足止め要員を残したと思うが、その必要はありません。われわれに追撃の意思はありません。三〇分の停戦を申し出ます。その間に、兵士全員を引き上げて下さい。確認して頂けますか？」

「了解した。なぜです？」

「撃墜された解放軍パイロットを台湾に渡しました。テレビ報道されて、プロパガンダに利用された。もしここで、捕虜を取れば台湾はまたその身柄を要求し、テレビで晒すことでしょう。日本政府は、そのような状況を望まないということです。速やかに全員、撤退させて下さい。ただし、負傷兵は残して構いません。こちらで、十分な手当をし、速やかに第三国経由で帰国させます。了解しましたか？」

「全て、了解しました。貴方の言葉を信じましょう。ご厚意に感謝する。われわれも、速やかに捕虜を帰国させるよう取りはからいます。了解しましたか？」

「了解しました。貴方とはしかし、また別の所でお会いすることになりそうですな？」

「同感です。土門将軍。それまでお元気で！」

「はい。お互いに。再見《ザイチェン》――。サヨウナラ」

　通信が終わると、土門はフー！　とインカムを投げ出した。

「隊長、『捕虜をカメラで撮ってテレビで流すのは止めてくれ』、と申し出るのを忘れましたね?」

　とガルが突っ込んだ。

「ああ、そうだったかもな。ついうっかり忘れちまったよ。だが、紳士的な提督さんだったじゃないか。そういうことは、お願いせずともしないんじゃないか?」

「そういう悪知恵が働く所は、誰かさんに似てきましたよ。チェスト、間もなくターゲットと接触します」

「スキャン・イーグルを下まで降ろせ。もう大丈夫だろう」

　銃声がやっと収まりつつあった。

　白馬一佐が銃を構えて斜面を下ると、山羊が作った獣道とは違う人工的な道に出た。それが長安街だった。白馬は一気に駈けだした。

「ウォー！」と雄叫びを上げて走り出す。

　だが、五〇メートルほど走った所で、突然、斜面から誰かが飛び出してきて、激しいタックルを喰らわせた。そのまま二人共、斜面を五メートルほど転がり落ちた。タックルを喰らわせたのは、福留分隊のコマンドだった。

　後ろから福留が駆け下りてくる。

「このバカ野郎が！」

　白馬は数発殴られた後、後ろ手に縛られた。

　宋勤《ソンチン》中佐は、前線指揮所に踏み留まり、そこで敵を足止めするつもりだった。だが撤退命令が出て、部下らを下がらせようとしていた時だった。雄叫びが聞こえてきて、何者かが突進してくる。アサルトを構える暇は無かった。腰のピストル・ホルスターに手を伸ばした瞬間、だが山側から何者かが突進してきて、二人とも下へと転がって消えた。

そして、次に現れた男は、両手をはっきり見えるよう開いて挙げると、それなりの北京語で話し掛けてきた。

「ああ、悪い悪い、何でも無い。ちょっとした事故だ。行ってくれ！　われわれは追わない。元気でな。また何処かで会おう！」

「はあ……。行ってよろしいんですね？」

と宋は日本語で聞き返した。

「はいはい！　どうぞお元気で――」

福留は、戦場では丁寧すぎるその日本語に笑いながら応じた。

「ブービー・トラップはありません。ここから五〇〇メートルくらい東、野戦病院があります。負傷兵をお願いします！」

「ああ、わかりました。完全に了解しました。すでに衛生兵が向かっています。士官殿でしたか？失礼しました」

二人は、お互い敬礼を交わして別れた。

白馬が斜面を上がってくる。

「どうしてお前らは止めなかったんだ！」と福留が気迫で一喝した。

「放せ！　仇を討たせろ！　それが出来ないなら、ここで俺を殺せ！」

「申し訳無いが連隊長、あんたはこのままヘリのシートに縛り付けられて警務隊に引き渡される。厄介な人だ。頭を冷やせっつうの。幹部のくせに取り乱して……」

富坂三尉が「助かったよ、チェスト。一時は巻き添えになるかと思った」と礼を言った。

「あんたさぁ、下士官だったら躊躇わずにぶん殴っていただろう？」

「まあねぇ。士官殿になって出来なくなったことって多いよね。帰ったら一杯奢るよ」

　メディカル・バッグを担いだ原田一尉が水機団の衛生隊員を従えて走ってきた。

「ああ、今、ここにいた士官と話しました。日本語を話す士官です。ここにブービー・トラップはなし。五〇〇メートル行った所に、野戦病院だそうです。負傷兵をお願いすると」

「了解した。終わったの？」

「らしいですね。解放軍は静かに撤退するんでしょう」

　原田は立ち止まらず、白馬に一礼すると駆けていった。

　土門は、やれやれという顔で椅子代わりの丸太に腰を下ろした。

　エア・クッション艇が離れて沖合へと出て行く。針路はほぼ真北へと取っていた。

「これ、沿岸部まで辿り着けるの？」

「航続距離は確か二〇〇海里前後だから、ぎりぎりでしょう。すっ飛ばせば、夕刻には沿岸の何処かの港に入るはずです」

「救難ヘリを原田の元へ依頼。暗くなる前に、敵味方双方に負傷兵の置き去りがないか徹底確認させろ」

「了解です。われわれはいつまでここに？」

「水機団は来たばかりだが、ここは任せて良いよな。みんなの命を削って守り抜いた領土を嚙みしめたいだろう。明るいうちに引き揚げたいもんだね。全員、もう山から降ろして良いぞ。あと、奈良原岳のピークに、日の丸を立てて写真を一枚撮っておけと。ただし、旗は撮影後撤去」

「それで良いんですか？」

「この後、台湾情勢がどうなろうが、外務省は懲り懲りだろう。ようやく火が消えた鉄板に、油を垂らすことは無い。俺は、台湾軍にちと礼を言ってくるよ」

だが土門は、しばらく惚《ほう》けたように動かなかった。というより動けなかった。今度こそ、帰ったら辞表だと思った。

エア・クッション艇は、ほぼ最高速度で寧波を目指した。そして東海艦隊の司令部に近い寧波舟山基地に近づく頃には、速度を落として、両側に二隻の軍艦を従えて入港した。

フリゲイトと、一隻は中華神盾艦だ。国営テレビはずっとそれを空撮映像で追い続け、生放送していた。

人民は、拿捕した敵の軍艦が、イージス艦か何かであることを期待していたが、このエア・クッション艇も、デザイン的には悪く無かった。しかも、捕虜にした敵の将軍が乗っているのだ。

台湾では、その映像が流れたが、日本のテレビは流さなかった。だが、インターネット上では、それがSNSを通じて全国に拡散していった。

世田谷区のアパートでは、孔《コン》中尉のグループが、出発準備を整えていた。意外に早かったという認識は無かった。やるとすれば、今夜辺りだろうとは思っていた。もう少し東京見物を楽しみたかったが、それは仕方無い。任務で訪れたのだ。しかも、街を破壊する任務で。

全員、重たいザックを背負っていた。米袋だ。五キロものベトナム産の米を背負っているが、その米袋は二重構造になっており、中には、肥料爆弾の原料が入っていた。

孔中尉は、スマホで最新のニュースを拾っていた。中国国内では、エア・クッション艇拿捕のニ

2108

ユースがどのSNSでもトップ項目に上がっていた。間もなく捕虜の会見があるはずだとの観測も流れている。こういう情報は、だいたい国内安全保衛局が意図的に流しているのだ。

「さっきまで流れていた、寧波沖で軍艦が燃えているだの、戦闘機が多数撃墜されただののニュースは何だったの？　あれはフェイク・ニュースだったのかしら……」

「こっちの方がフェイクじゃないですか？　そちらは本当に起こったことだが、こっちはフェイクとか。何処か外国で買った中古のそれを日本の軍艦色に塗ったのかも知れない」

顔《イエンチエン》誠軍曹も、自分のスマホを捲《めく》りながら言った。

「まあ、ありそうよね。でもこれで人民の士気も上がるわよ。それにしても台湾のフェイク・ニュースも酷いわね。尖閣から解放軍を叩き出して奪還したとか。戦争が終わったなら、どうして私たちがこんな作戦を実行する必要があるのよ……」

作戦班は、四人ひと組で出かけて行った。孔のグループが最後だ。そして一番遠い場所へと向かうことになる。

途中で、過激派グループが用意してくれたワゴンに乗り換えることになっていた。

上海の国内安全保衛局のセーフハウスでは、蘇《スウ》躍《ユエ》警視が、やっと出て来た情報を確認していた。だが画像処理ソフトに掛けて試みた復元は失敗した。情報が間引きされて保存されたデータは、あまりにも不鮮明で、やむなく上海総局の技術班に委ねた。

全員が、水を飲みながら耐えていた。MERSウイルスが市中感染を繰り返しており、全土がロックダウンされているが、発祥地の上海のそれが一番きつかった。もう救急車すら走っていない。怪我をしようが病気になろうが誰も助けは呼べなかった。

食料は、ロックダウンが始まった時点で、各自の家庭にあるものだけとされた。セーフハウスにそんなものはない。最初は公安警察の特権を行使したが、デリバリー・サービスは、一日で破綻した。

テレビを点けると、MERS関連のニュースではなく、日本の軍艦を拿捕したニュースを流している。ネットもそれで沸き返っている。五毛党も、このニュースに関しては、一切削除しなかった。

それで、蘇躍らは、自分らが負けていることを悟った。こういうニュースで世論工作を試みる理由はただ一つだ。

上海総局から戻ってきたデータは、信じられないレベルに復元されていた。それをさらに顔認識ソフトに掛けようとしたところ、意外な情報提供者が現れた。

地元支局の秦卓凡《チィンチゥオファン》二級警督（警部）に心当たりがあった。

「知ってますよ、彼女。アメリカ総領事館の女性スタッフです。国務省の外交員ではなく、ただの事務スタッフのはずですよ。中国系の名前で申告されたので、一応、身元は洗ったはずです」

「なぜ君がそれを知っているんだね？　君は国内テロ犯の担当で、外事担当じゃないだろう？」

「普通はそうなのですが、彼女は同胞扱いされて、こっちに回って来たんです。でもそれはただのこじつけで、本当は、外事担当が、仕事を減らしたかっただけです。上海では良くあることです。何しろ居留外国人が多いので。僕が自分で尾行班に参加したので、顔は良く覚えています。別に不審な所は無かった」

「今どこに？」

「外交官も出国禁止状態だから、総領事館に立て籠もっているんじゃないですかね……。ちょっと外事に当たってみます」

　科学院武漢病毒研究所・主任研究員の馬麗夢《マリーモン》博士が、みぞおちの辺りをさすりながら、テレビに見入っていた。テレビは、その拿捕したエア・クッション艇が、いかに強力な武器であるかを縷々《るる》解説する場面に入っていた。音楽付きで、３Dデータまで作って解説されていた。

「これ、われわれが勝っているの？」

「まさか。ボロ負けしているってことですよ。もう空軍とか存在しないんじゃないですか。東海艦隊は、寧波沖に引きこもっていながら、攻撃を受けたんですよ。とても台湾奪還どころじゃない。みんな面目丸つぶれですよ……」

　下の階に降りていた秦警部が戻ってくる。

「何だか、階段を上がるたびに一食分のエネルギーが消耗される感じですね。彼女は中国を出国しました。二週間前ですね。シンガポールの米大使館に異動したとのことです」

「やれやれ、あっちに暗号化キーを送っておいて良かった！」

　蘇は、かつての同僚の携帯宛にメールを送った後、パソコンの前に座って待機した。

　二〇分ほど待たされた後、パソコン画面に呼びかける反応があった。相手は、シンガポールのインターポール・反テロ調整室《RTCN》代表統括官の許文《シュウエン》龍《ロン》警視正だった。音声のみの会話だ。暗号化されているせいで、かなり聞きづらかった
「そっちはどうだ？」

「冗談でなく、餓死が始まっている。このロックダウンはきついぞ。俺たちももう二日、まともな

食事は摂っていない」

「わかった。軍から何か融通させる。この回線は本当に安全なのか？」

「量子暗号化技術に近いレベルのもので、ＮＳＡならいつかは解読できるだろうが、時間は掛かるそうだ。例のＣＩＡエージェントと接点のある女を見付けた。写真をそっちに送る。中国系のアメリカ人。先日まで上海総領事館にいたが、先日、シンガポール大使館に異動している。たぶん、客船での手配を担当したんだろう」

「ああ、写真が届いた……。このたった二枚で、どうして接点があると判断したんだ？」

「男が上海に滞在したのはほんの二日だ。その二日間ですれ違った人間の中で、重複しているのは彼女だけ。しかもそれが、米大使館の人間だった。これ以上の証拠はいらないだろう」

「そうだな。同感だ。あとはこちらで何とかする。ご苦労だった。例の件、どう思う？」

「ここに、その武漢研究所の先生がいるが、現状では判断は難しいそうだ。証拠を手に入れても、国際社会にそれを信用させるのは難しいだろうと。いろいろと考えてはいるが」

「わかった。頑張ってくれ」

「了解。そっちもな」

電話を切る。空腹がこんなに辛いものだとは思わなかった。起き上がるたびに軽い目眩がしてくる。喋る気力も無かった。中国全土が、今や大なり小なりこういう状況なのだ。

北京の奴らは国内がこんな状況なのに、戦争なんぞやっている場合か！　と頭にきた。

日本の首相官邸では、慌ただしい動きが始まっていた。総理大臣執務室には、防衛省幹部と自衛隊幹部が集まって、中国が世界に流すテレビ・ニュースが大スクリーンに映されていた。その映像は、日本にも配信されていたが、どこにも流すなと命じてあった。

ただし、ネットでは見放題だった。たちまち、生で見られるURLがネットを駆け巡っていた。

エア・クッション艇から、固い表情の捕虜たちが一列になって降りてくる。最初は、海自の乗組員。続いて、水機団司令部のご一行だ。

画面が切り替わると、一人の男が、横に行列する捕虜の前で、マイク・スタンドを前に立っていた。カメラには一切視線を上げず、一枚の紙切れを読み上げていた。

「自分は、陸上自衛隊水陸機動団団長の松尾《まつお》捷《しょう》陸将補であります。将軍であります。このたび、たいへん不本意ながら、友邦国である中国との戦争を命じられて、出撃しました。しかしながら、こうして捕虜となり、部下らとともに、ここにこうしております！　われわれは、各種条約に則り、完璧に正当な扱いを受けており、中国人民の寛大なる待遇に、感謝の言葉しかありません――」

突然、阿相総理が立ち上がり、「なんだ！　こいつは――」と声を荒げた。まだ声明は続いていたが、総理はそれを遮って怒鳴った。

「こいつはなんでこんなもんを読んでいるんだ？　将軍だろう？　少しはプライドってもんはねぇのか！」

「恐らく、部下の命を人質に取られてやむなく――」

陸幕長が恐る恐る進言した。

「断りゃ良いだろうがよ！」

「しかしそもそも、各種条約で、捕虜にこのような苦痛を与えることは禁じられており――」

「死にゃあ良いだろうがよ！　戦陣訓を読め戦陣

訓を！　舌嚙み切って死ねよ！　これでも武人か？　サムライか？　いいか、こいつが日本に戻ってくる時にはな、俺が羽田まで迎えに行ってやる。そいで国民の代表として、滑走路脇に立たせてデザート・イーグルでど頭を吹き飛ばしてやる！　失せろ、バカどもが」

全員が首を項垂れてぞろぞろと出て行く。代わって、外務省の片倉宗一郎外務審議官が入ってきた。

「よろしいですか？　総理。事前にご一読を願えればと思います」

老眼鏡無しに読めるよう、大きなフォントで書かれたペーパーを差し出した。

阿相は、さっきとは打って変わって温和な表情で、満ち足りた顔だった。

「俺はこの手の修羅場が大好きでよ。昔を思い出すよ。炭鉱町で、ドスを持った荒くれどもと渡り合っていた頃を。あの頃は、何もかも充実していた。毎日が光り輝いている自信があったよ。そいで、時間はどのくらいあるんだ？」

「わかりません。五分か、一時間か。急ぎませんと。撮影クルーが外で待機しております。総理の声明発表後、尖閣諸島に関する、全ての情報は解禁されます」

「うん。まあ男子の本懐て奴だよな。結局、北京は折れなかったか。いや俺は、これはこれで尊敬するよ。戦争するってのはそういうことだろう？　犠牲者の山を顧みずに目的に向かって突き進むということだ。北京は、まあやり抜くんじゃないか。日本がどこまで台湾に付き合って良いのか疑問だがな」

――国民の皆様。私は内閣総理大臣の阿相士郎《あそうしろう》であります。ここしばらく、日本を巡って発生していた事態に関してご説明申し上げます。

　われわれは現在、尖閣諸島を巡り、中国と事実上の戦争状態にあります。魚釣島に上陸した人民解放軍を排除するために、自衛隊は密かに行動しておりました。政府が、各報道機関と報道協定を結び、これを秘したのは、ひとえに事態の拡大を阻止するためであり、中国と、平和交渉する時間を稼ぐためでありました。しかし残念ながら、中国側はその交渉に応じることはなく、逆に、自衛隊部隊の尖閣からの撤収を要求して参りました。

　インターネット、及び外国報道で流されている情報は、ほぼ事実であります。巡視船が一隻撃沈されました。陸上自衛隊部隊が、上陸作戦に失敗し、多数の死傷者を出し、また幹部自衛官が捕虜となりました。これらは全て、わが国政府に責任があります。殉職した海上保安官、自衛官のご遺族に、衷心より哀悼の意を表するものであります。前内閣は、その責任を取り、昨日総辞職しました。

　われわれはつい先ほど、魚釣島から、解放軍を追い出すことに成功しました。しかし、この戦争はまだ終わったわけではありません。残念ながら始まったばかりです。

　われわれは現在、ハイブリッド戦争という、二一世紀型の新しい戦争の中におります。恐らくは、これから、また中国の過酷な攻撃があります。電力施設のダウン、インターネット網の寸断、銀行ＡＴＭの麻痺などの事態が発生するでしょう。国民の皆様は、どうか軽挙妄動することなく、それらの事態に備えて下さい。デマに惑わされることなく行動して下さい。手法は、いつもの災害対策と同じであります。どうか冷静に行動して下さい。
これより、閣議を召集し、政府は正式に防衛出動命令を決議、発令します。われわれは全力を挙げて、国土国民を守るために行動し、またこの中国の非道な行為に関して、国際社会に広く抗議の声を上げ、支援も求めております。同盟国アメリカは、すでに物心両面での支援を確約してくれております。われわれが尖閣を守り抜けたのは、勇敢なる自衛官の奮闘と、米国からの手厚い軍事支援があったお陰です。
では皆様、私たちの故郷の繁栄と守護を祈りましょう。皆様が持つ、それぞれの宗教で、一日も早い平和が訪れることを祈って下さい。政府は、これからも更に全力を尽くします
——

第八章　ブラックアウト

霞ヶ関の総務省・消防防災・危機管理センターに陣取った井藤元一佐は、天井から吊り下げられたテレビ・モニターを眺めていた。地上波の全局と、CNN、BBC放送が映っている。BS、CSの小さなモニターもある。

井藤は、つるつる頭の後ろで両手を組み、リクライニング・シートにふんぞり返ってテレビを見ていた。各省庁は、異常事態に備えてスタンバイしている。この部屋でも、井藤を除く全員が、防災服を着ていた。

総理大臣の声明は、全局で流された。その直後、エア・クッション艇の捕虜映像が流れる。ショック・ドクトリン——。ここまでは、井藤の計算通りだった。今更の防衛出動命令は、マスコミも予想外だったはずだ。だが、国民に事態の深刻さを認識させねばならない。

正面の大スクリーンには、防災ヘリと、無人機の暗視映像が流れていた。防災ヘリは、東京二十三区上空を延々と旋回し、綺麗な夜景映像を伝送してくる。無人機は、どこかの海岸線を赤外線モードで映し出していた。

だが、一時間経過しても何も起こらなかった。ネットが何カ所か輻輳してダウンしていたが、それは単に、アクセス集中に拠る現象だった。

二時間経過しても何も起こらない。インターネット回線への負荷は莫大なものに達していたが、それ以上のことは起こりそうに無かった。

　その間、防災ヘリは三機も四機も交替していた。片倉が現れ、「井藤さん、占いが外れたかな？」と隣に腰を下ろした。

「してやられました！　完全に出し抜かれた。ハイブリッド戦争に関しては、それなりに研究したつもりだったが、中共め！——。たいした奴らだ。奴らは最高の演出を仕掛けて来やがった。恐怖をあまねく蔓延させ、そのピークで民衆を絶望のどんぞこに突き落とすんですよ。考えなかったな。現場で警戒している連中も、気が緩むことでしょう」

「私のワインが無事で済むなら何よりだ。ま、ここだけの話、全部税金で買ったんだけどね……」

「いやいや、僕の怨念でね……、全部、ただの腐った水にしてみせますよ。高級ワインは温度管理が難しいからなぁ」

　だが、三時間が経過しても何も起こらない。

　日付けが変わろうかという頃、関東管区警察局・サイバー局参与の柊木《ひいらぎ》尚人《なおと》警視長が現れ、時刻が書かれた紙切れを井藤に見せ、その隣に腰を下ろした。

「ほう……。灰谷警部、やってくれると思ってましたよ！　ああいうベテランは、ちゃんと遇しないとね」

　井藤は、柊木を片倉に紹介した。三人で、コーヒーを飲みながら、その瞬間に備えた。テレビ・ニュースが、食傷気味なほどの尖閣関係の報道を終えようとしていた頃、防災ヘリのカメラが、煌めく地上で、何かの光の瞬きを捉えた。

　スカイツリーの近くだった。他にも、何カ所かで光が瞬いた。爆発による閃光だった。

まず、テレビが消えた。信号が消えて、「電波が受信されていません」のメッセージがモニターに一斉に出る。

しばらくして、今度は、防災ヘリの映像が真っ暗になった。カメラがダウンしたのではなく、都内全域で停電が発生したのだ。庁舎の明かりが一瞬、落ち、自家発電装置に切り替わるまで、しばらく非常灯の明かりだけになった。

井藤は、その暗闇の中で立ち上がり「ヨッシャー！　俺様のブラックアウト、キター！」とガッツポーズを掲げて飛び跳ねた。部屋中が騒然としていた。

自家発電に切り替わったが、地上波は全滅だった。なぜかBS、CSもダウンしている。蘇ったモニターは、防災ヘリと無人機の中継映像だけだった。

「さてと、例の断線は何時頃か、賭けませんか？」

と片倉が提案した。

「いいね、それ！　片倉さん、ドメーヌ・ルフレーヴのコレクターですよね？」

「なんで知っているの？」

「カウンターパートの趣味くらい調べますよ」

「それはちょっとねえ……」

「外務省の交際費で買うワインとしては、最安価格帯じゃないですか？　どうせ、お宅の巨大なワインセラーのバッテリーが切れたらただの水になるんですよ？」

「良いでしょう。私は、午前一時だと思うな。国民が情報収集にネットに齧り付いている最中に、突然切れたら不安になるでしょう」

「公安部の推測は？」

「自分は、夜明けてからだと思います。暗い内の脱出はたいへんでしょう。電車も動いていないし、車は目立つし」

「じゃあ僕は、午前三時頃にしましょう。理由はね、田舎だから車での逃走は、夜中の方がすいすい走れて早い。警察も対応が一番難しい時間帯だ。そもそも夜が明けてからだと、大渋滞が始まっていて、車は身動きが取れない。しかも鉄道も、自前の電力だけでは持たないから、運休区間が多い。ぎりぎり、その辺りですよ」

午前三時、その時刻が迫るまで、上空を飛ぶドローンは三機に増えていた。それぞれ消防庁、警視庁、自衛隊が飛ばしていた。微かに地上にもそのモーター音が届いていたはずだが、波の音のせいで、その場にいた人間には聞こえなかった。

「ほらほら来たぞ！――」

井藤は、ポップコーンの袋に右手を突っ込みながら身を乗り出した。まるで映画鑑賞だった。

砂浜を四人の人影が走っていた。

「四人か……」と柊木が漏らした。

「首尾は？」

「ええ。問題無い。最精鋭のチームを配置してます」

「だからね、柊木さん。僕さぁ、貴方と知り合った頃、もう二〇年近く経つか。一番最初に警告したよね。こんな最重要インフラ施設が堂々、建物の看板を出して、挙げ句にウェッブサイトまで作って、浜へと出れば、『この下に光海底ケーブルが埋設されています』なんて看板まで立っている。ググれば地図も出て来る。それ変じゃないの？　て訴えたよね？　これ国内に二箇所しかない重要施設だよ？　経済の大動脈、命綱なのに！」

「覚えてますよ。でも過激派だってネットは使うんだから破壊はしないだろうと、その時は思いましたけどね」

「僕さあ、人と会う度にそのリスクを訴え続けたのに、誰も聞いてくれないんだもん。ざまー見ろだよ！　三重の方はどうなの？　映像はないの？」

後ろから「ここまでの伝送は無理ですが、向こうにも現れています。四人」と警察庁の若手官僚が答えた。

孔《コン》中尉は、ザックを担いでスニーカーで走っていたが、少し重かった。息が上がり、波打ち際を走る足下が、波間の砂にめり込むせいで、速度も出ない。水は跳ねるし、何より、暗いのがこたえた。足跡を消すために、わざわざ波打ち際を走っていた。

だが、真っ暗闇というわけでも無かった。近くに灯りがある。あれはたぶん、コンビニの灯りだ。自家発電装置による灯りだろう。それ以外は全て停電していた。

目的ポイントに到着し、やっとザックを降ろす。

これをここに捨てて帰れるだけで嬉しい。

「タイマーは何分だったっけ？」

「五分です。車に戻る頃、爆発します。それを確認してから発進」

顔《イエン》軍曹が、信管をセットしながら説明した。

「ここの連中、バカじゃないの？　なんで、この下にケーブルありなんて看板を立てるのよ」

「わかりませんね。たぶん、文化が違うのでしょう。外敵の存在を気にせずに暮らせる国は羨ましいですね」

電子式タイマーは、ただのキッチン・タイマーにしか見えなかった。五分のカウントが始まったことを確認し、スマホのストップウォッチをスタートさせる。

「さあ撤収よ！」

また元来た波打ち際を走り出した。

井藤は、固定電話の受話器を握っていた。

「みんな避難しているね？……、いやそれは良いよ、リモートで落とせるから。タイミングをずらさないように。以上。ご安全にお願い！」

爆発は、もちろん音は聞こえなかったが、派手な爆発だった。一瞬、全ての無人機のカメラが白飛びした。隣のコンビニの看板が、電柱ごと吹き飛ぶのがわかった。

「うわ！　意外にでかいぞこれ。アンホ爆弾だけじゃない。Ｃ４とかも入っているかもよ。爆発規模として一番でかいね」

ネットでストリーミングしていた動画がふいに止まった。日本のインターネット網が、たった二箇所の海底ケーブル基地が爆破されて壊死した瞬間だった。

片倉が、くそっ……、と首を項垂れた。

「うちのワイン、タワマン一部屋買えるだけの値打ちがあったのに……」

「有り難うございます！　井藤さん。貴方と付き合って良かった。これで、過激派グループをいくつも潰滅できる。ま、潰滅はさせませんけどね。ただ尾行し、見張り、泳がせるだけですが」

無人機は、次のターゲットを追いかけていた。ワゴンが一台発車した。それを数台の公安部の捜査車両や新聞配達を装ったバイク、空からは無人機が追跡を開始した。


魚釣島にいたサイレント・コアは、夜明け時、撤収準備に追われていた。

土門は、島を去る部隊の労をねぎらった。台湾軍海兵隊と陸軍のコマンド。そして、特戦群ＯＢからなる民間軍事会社。台湾軍部隊は、一機のＣＨ‐47Ｊで、台北まで送り届けてやった。

民間軍事会社も一機で済んだ。

土門は、まだ水機団長だったが、ここでの任務はもう後始末だけなので、しばらくは那覇駐屯地で指揮を執ることにした。

島での全ては、第一中隊長の神田《かんだ》三佐に委ねることにした。

「神田三佐、ここでは君が一番階級が高い。二個中隊の指揮は大変だろうが、もう負傷兵もいない。敵の戦術を知る絶好の機会だから、プロファイラーや考古学者になったつもりで、いろいろ検証してくれ」

「はい、御世話になりました。連隊長のことはショックです。大丈夫でしょうか？」

「あれはたいしたことにはならない。たぶんもみ消されて無かったことになるだろう。彼を陸幕長にしようと運動する同期の庇護がある。防大閥じゃない私も関わり合いになりたくはない。一時の迷いというか……、立ち直るさ。水機団長はちょっとヤバイかも知れんが」

「ラジオで声明を聞きました。あの人があんな惨めなことをするなんて」

「ああ！　本当にあれだけはショックだったなぁ。人民解放軍は、そういうみっともないことは絶対しない誇り高い軍隊だと思っていたが、ハイブリッド戦争ての は怖いなぁ……」

土門は、笑みがこぼれるのを必死に堪えて深々と頷いた。

「では、中隊長。あとはよろしく頼むぞ！――」

敬礼し、ローターが回るCH－47JAへと向かう。姜三佐が、背後で待っていた。

「隊長、水機団長を塡《は》めましたね？」

「何を人聞きの悪いことを。私はただ、ちょっと忘れしただけだよ、捕虜の正当な扱いに関して。相手は英語を喋るインテリだった。言わずもがなというか、失礼だろう。そういう議題を持ち出すのは。しかし、これで、陸自から国士様が一人去ったと思うと清々しいね。正月に、戸建ての玄関を掃除した気分だ」

「とんだ悪党だこと……。国内はブラックアウトしています。電力ダウン、インターネット網ダウン。回線使用が集中したせいで、まだこんな時間帯に携帯もダウンしているそうです」

「まあ、ハイブリッド戦争としては、まだまだ序の口だな。俺は知らん。井藤さんが備えていた。心配は要らんだろう。今日で上陸後、何日目だ？　六日目、七日目？　やっと島を離れる気分はどうだ？」

「こんな島、二度と来たくないですね。この島に公務員を常駐させろとか主張する連中はどうかしてますよ。島の実体を知らなさすぎる。一度ここに来て、テント暮らしでもしてみれば良いんですよ。早くシャワーを浴びたいわ。司馬さんは帰してもらえますかね？」

「無理だろう。解放軍はとっくに次の作戦に備えている。あの打たれ強さだけは見習いたいね。まるで大祖国戦争当時のソヴィエト軍だ。死者の数なんて気にも留めない」

姜三佐が、CHに乗り込んで行く。離陸すると、次のCHが降りて来る。原田小隊の撤収だった。

「沖縄は、インターネットくらい通じてますかね。妻が心配です。こんな大災害でパニックとか起こしてなけりゃ良いけれど」

原田は不安げに言った。

「固定電話も、ダウンは時間の問題だろうが、家族は、留守部隊がいろいろケアしてくれるんじゃないか」

装備を担いだ全員がバディ同士二列になって搭乗を待つ。

「なあリザード！　フランカーどうだったよ？　意外に良かっただろう？」

田口は、一瞬比嘉の顔を見遣って「ええまあ……」と生返事した。「最高でしたよ、最高……」

「時代の流れってのはあるんだ。受け入れるしかないぞ」

「そうかもですね」

ようやく朝日が顔を出した。まるでここでの戦争終結を待っていたかのような真っ赤な朝日だった。

サイレント・コアは、二機のCHに分乗して、血塗られた島を後にした。真下に、イージス艦隊が展開している。恐らく彼らが、母港に引き揚げることはないだろう。このまましばらくここに留まり、事態の展開を見守ることになるはずだった。

エピローグ

世田谷は用賀の二階建てアパートで暮らす女子大生・小町南《こまちみなみ》は、前夜少し深酒したことを後悔しながら目覚めた。特に予感は無かった。確か夜中にスマホが一斉に鳴ったような記憶があった。隣の部屋の音も聞こえていた。たぶん緊急地震速報の誤報か何かだろうと思って画面はすぐに消した。

部屋にテレビは無かった。別に見ないし、NHKの受信料も鬱陶しい。いつも点けっぱなしのトイレの電気が消えていた。ファンも回っていない。

小鳥のさえずりが聞こえていた。不思議だった。いつもはそんなことはない。なぜならここは東名の用賀インターが近くて、騒音が酷いのだ。

窓を開けてみたら、高架が見えた。事故渋滞しているのか、トラックが数珠つなぎになって止まっていた。

携帯でメール・チェックを試みたが、回線が繋がっていなかった。ひょっとしたら携帯料金を払い忘れたかも知れない。困ったなと思いつつ、パソコンを立ち上げた。格安携帯のSIMが刺さっていたが、これも繋がっていない。

やれやれと思った。ま、そういうこともあるだろう。頭がくらくらしてくる。昨夜、なんで飲み過ぎたのか思い出せなかった。そうだ、何か苛つくことがあったのだ……。

毎晩ズームで勉強している北京語会話の講師が、もう一週間休みを取っていた。突然の休みだった。それで苛々していた。結構良い男で、向こうは日本語を勉強中だった。東京に来る機会があったら会う約束までしていたのに、ふられたのかしらん、と思った。

水道は出る。トイレも流れている。それが大事だ。

女子大生は、その朝、この国で起こったことに関して、何も気にも留めることなく、水一杯飲んで再びベッドに入った。

彼女のような幸運な日本人は、もちろん、ごく少数派だった。

首相官邸も、混乱の極致にあった。総理大臣執務室には、数十名の役人が部屋に入りきれないほど詰めかけ、阿相の罵声に耐えていた。

「これ、なんで固定電話は、繋がらないの？」

「輻輳のせいだと思われます。携帯回線がダウンしたせいで、影響を受けております。しかし、公衆電話は、まだ若干の余裕があるはずです」

「それ、何処にあんのよ？　俺、銀座の姉ちゃんに、軽挙妄動せず、政府を信じて救援を待て！　とメッセージを送りたいんだよ、メールでも何でも良いからさ。その公衆電話は何処にあるんだ？　ここにもあんのか？」

「はい、何処かにあったと思いますが」

「じゃあ、今すぐここに持って来い！」

「いえ、それはちと難しいかと……」

「なんで！　オメー誰だよ。俺、総理大臣。総理大臣が命令してんだぞ」

「はい。直ちに検討させます」

「なんで総理大臣が、国民ひとりと連絡取れないんだよ？　変だろうそれ……」

　井藤が、パナマハットを脱ぎながら現れた。

「お役人様方、ちょいと通しておくんなさいませ……」

　人垣をかき分けて総理の前に歩み出る。

　天井のライトは消えているし、ファンも止まっている。もちろんエレベータも動いていなかった。

「これは何事ですか？」

「それがよう、自家発電装置に切り替えて、ボイラーの電源を入れたらさ、ほんの五分で煙りが出て消防車を呼ぶ羽目になった。ところが一一九番も通じねぇんだ。幸い火は出ずに済んだが……。いったい、この状況は、お前さんの想定内なのか？」

「はい、無論でございます。全て想定の範囲内でございます！」

「インターネッツ回線が落ちて、日本が世界から孤立したというのにか？」

「たまにはスマホを仕舞って、家族や自分を見つめ直す絶好の機会になります」

「なるほどなぁ。して、越後屋！　策はありや？」

「はい、お代官様！　わがニッポンには、世界に誇る、判子とファクシミリの文化がございます。それで国を救ってご覧にいれましょうぞ！」

　その場にいた全員が凍り付いたが、ひとり阿相総理だけは、拍手喝采を浴びせた。

〈第一部　完〉

ご感想・ご意見は
下記中央公論新社住所、または
e-mail：cnovels@chuko.co.jpまで
お送りください。

C★NOVELS

東《ひがし》シナ海開戦《かいかいせん》8
——超限戦《ちょうげんせん》

2021年10月25日　初版発行

著　者　大石《おおいし》　英司《えいじ》

発行者　松田　陽三

発行所　中央公論新社
〒100-8152　東京都千代田区大手町1-7-1
電話　販売　03-5299-1730　編集　03-5299-1930
URL http://www.chuko.co.jp/

DTP　平面惑星

印　刷　三晃印刷（本文）
大熊整美堂（カバー・表紙）

製　本　小泉製本

Published by CHUOKORON-SHINSHA, INC.
Printed in Japan　ISBN978-4-12-501441-8 C0293

旭日、遥かなり８

横山信義

「伊勢」「山城」の轟沈と引き替えに、トラック環礁の防衛に成功した日本軍。太平洋の覇権を賭け、「大和」「武蔵」と米英の最強戦艦が激突する。シリーズ堂々完結！

ISBN978-4-12-501385-5 C0293　900円　　カバーイラスト　高荷義之

不屈の海１
「大和」撃沈指令

横山信義

公試中の「大和」に米攻撃部隊が奇襲！　さらに真珠湾に向かう一航艦も敵に捕捉されていた――。絶体絶命の中、日本軍が取った作戦は？

ISBN978-4-12-501388-6 C0293　900円　　カバーイラスト　高荷義之

不屈の海２
グアム沖空母決戦

横山信義

南方作戦を完了した日本軍は、米機動部隊の撃滅を目標に定める。グアム沖にて、史上初の空母決戦が幕を開ける！　シリーズ第二弾。

ISBN978-4-12-501390-9 C0293　900円　　カバーイラスト　高荷義之

不屈の海３
ビスマルク海夜襲

横山信義

米軍は豪州領ビスマルク諸島に布陣。B17によりトラック諸島を爆撃する。連合艦隊は水上砲戦部隊による基地攻撃を敢行するが……。

ISBN978-4-12-501391-6 C0293　900円　　カバーイラスト　高荷義之

表示価格には税を含みません

不屈の海 4

ソロモン沖の激突

横山信義

補給線寸断を狙う日本軍と防衛にあたる米軍。ソロモン島沖にて、巨大空母四隻、さらに新型戦闘機をも投入した一大決戦が幕を開ける！　横山信義C★NOVELS100冊刊行記念作品。

ISBN978-4-12-501395-4 C0293　900円

カバーイラスト　高荷義之

不屈の海 5

ニューギニア沖海戦

横山信義

新鋭戦闘機「剣風」を量産し、反撃の機会を狙う日本軍。しかし米国は戦略方針を転換。フィリピンの占領を狙い、ニューギニア島を猛攻し……。戦局はいよいよ佳境へ。

ISBN978-4-12-501397-8 C0293　900円

カバーイラスト　高荷義之

不屈の海 6

復活の「大和」

横山信義

日米決戦を前に、ついに戦艦「大和」が復活を遂げる。皇国の存亡を懸けた最終決戦の時、日本軍の仕掛ける乾坤一擲の秘策とは？　シリーズ堂々完結。

ISBN978-4-12-501400-5 C0293　900円

カバーイラスト　高荷義之

蒼洋の城塞 1

ドゥリットル邀撃

横山信義

演習中の潜水艦がドゥリットル空襲を阻止。これを受け大本営は大きく戦略方針を転換し、MO作戦の完遂を急ぐのだが……。鉄壁の護りで敵国を迎え撃つ新シリーズ！

ISBN978-4-12-501402-9 C0293　980円

カバーイラスト　高荷義之

蒼洋の城塞 2
豪州本土強襲

横山信義

ＭＯ作戦完遂の大戦果を上げた日本軍。これを受け山本五十六はＭＩ作戦中止を決定。標的をガダルカナルとソロモン諸島に変更するが……。鉄壁の護りを誇る皇国を描くシリーズ第二弾。

ISBN978-4-12-501404-3 C0293　980円　　カバーイラスト　高荷義之

蒼洋の城塞 3
英国艦隊参陣

横山信義

ポート・モレスビーを攻略した日本に対し、ついに英国が参戦を決定。「キング・ジョージ五世」と「大和」。巨大戦艦同士の決戦が幕を開ける！

ISBN978-4-12-501408-1 C0293　980円　　カバーイラスト　高荷義之

蒼洋の城塞 4
ソロモンの堅陣

横山信義

珊瑚海に現れた米国の四隻の新型空母。空では、敵機の背後を取るはずが逆に距離を詰められていく零戦機。珊瑚海にて四たび激突する日米艦隊。戦いは新たな局面へ――

ISBN978-4-12-501410-4 C0293　980円　　カバーイラスト　高荷義之

蒼洋の城塞 5
マーシャル機動戦

横山信義

新型戦闘機の登場によって零戦は苦戦を強いられ、米軍はその国力に物を言わせて艦隊を増強。日本はこのまま米国の巨大な物量に押し切られてしまうのか⁉

ISBN978-4-12-501415-9 C0293　980円　　カバーイラスト　高荷義之

表示価格には税を含みません

蒼洋の城塞 6
城塞燃ゆ

横山信義

敵機は「大和」「武蔵」だけを狙ってきた。この二戦艦さえ仕留めれば艦隊戦に勝利する。米軍はそれを熟知するがゆえに、大攻勢をかけてくる。大和型×アイオワ級の最終決戦の行方は？

ISBN978-4-12-501418-0 C0293　980円

カバーイラスト　高荷義之

荒海の槍騎兵 1
連合艦隊分断

横山信義

昭和一六年、日米両国の関係はもはや戦争を回避できぬところまで悪化。連合艦隊は開戦に向けて主砲すべてを高角砲に換装した防空巡洋艦「青葉」「加古」を前線に送り出す。新シリーズ開幕！

ISBN978-4-12-501419-7 C0293　1000円

カバーイラスト　高荷義之

荒海の槍騎兵 2
激闘南シナ海

横山信義

「プリンス・オブ・ウェールズ」に攻撃される南遣艦隊。連合艦隊主力は機動部隊と合流し急ぎ南下。敵味方ともに空母を擁する艦隊同士――史上初・空母対空母の大海戦が南シナ海で始まった！

ISBN978-4-12-501421-0 C0293　1000円

カバーイラスト　高荷義之

荒海の槍騎兵 3
中部太平洋急襲

横山信義

集結した連合艦隊の猛反撃により米英主力は撃破された。太平洋艦隊新司令長官ニミッツは大西洋から回航された空母群を真珠湾から呼び寄せ、連合艦隊の戦力を叩く作戦を打ち出した！

ISBN978-4-12-501423-4 C0293　1000円

カバーイラスト　高荷義之

第三次世界大戦 7
沖縄沖航空戦

大石英司

ハワイで中国の作戦を潰したアメリカ軍が、思わぬ敵に苦しめられた。それは雲霞の如き数で押し寄せる数百機の無人攻撃機。安価で製造できるこのドローンが標的にしたのは、沖縄で——。

ISBN978-4-12-501382-4 C0293　900円

カバーイラスト　安田忠幸

第三次世界大戦 8
フィンテックの戦場

大石英司

千機もの無人機を退けた日米だったが、事態は思わぬことから急展開することになる。この戦争の結末は、世界の行く末は——？「第三次世界大戦」シリーズ完結！

ISBN978-4-12-501386-2 C0293　900円

カバーイラスト　安田忠幸

消滅世界　上

大石英司

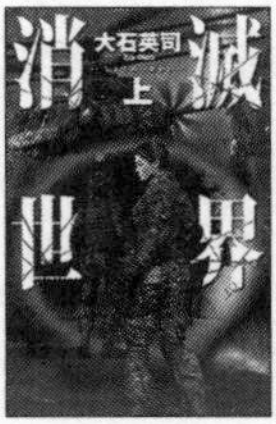

長野で起こった住民消失事件。現場に派遣されたサイレント・コアの土門康平一佐は、ひとりの少女を保護するが、彼女はこの世界にはもういない人物からのメッセージを所持していて？

ISBN978-4-12-501387-9 C0293　900円

カバーイラスト　安田忠幸

消滅世界　下

大石英司

長野での住民消失事件を解決したサイレント・コアの土門だが、気づくと記憶喪失になっていた。更に他のメンバーも、各地にちりぢりになり「違う」生活を営んでいるようで？

ISBN978-4-12-501389-3 C0293　900円

カバーイラスト　安田忠幸

覇権交代 1
韓国参戦

大石英司

ホノルルの平和を回復し、香港での独立運動を画策したアメリカに、中国はまた違うカードを切った。それは、韓国の参戦だ。泥沼化する米中の対立に、日本はどう舵を切るのか？

ISBN978-4-12-501393-0 C0293　900円
カバーイラスト　安田忠幸

覇権交代 2
孤立する日米

大石英司

韓国の離反がアメリカの威信を傷つけ激怒させた。また韓国から襲来した玄武ミサイルで大きな犠牲が出た日本も、内外の対応を迫られる。両者は因縁の地・海南島で再度ぶつかることになり？

ISBN978-4-12-501394-7 C0293　900円
カバーイラスト　安田忠幸

覇権交代 3
ハイブリッド戦争

大石英司

米中の戦いは海南島に移動しながら続けられ、自衛隊は最悪の事態に追い込まれた。〈サイレント・コア〉姜三佐はシェル・ショックに陥り、この場の運命は若い指揮官・原田に委ねられる――。

ISBN978-4-12-501398-5 C0293　900円
カバーイラスト　安田忠幸

覇権交代 4
マラッカ海峡封鎖

大石英司

「キルゾーン」から無事離脱を果たしたサイレント・コアだが、海南島にはまた新たな強敵が現れる。因縁の林剛大佐率いる中国軍の精鋭たちだ。戦場には更なる混乱が⁉

ISBN978-4-12-501401-2 C0293　900円
カバーイラスト　安田忠幸

表示価格には税を含みません

覇権交代 5

李舜臣の亡霊

大石英司

海南島の加來空軍基地で奇襲攻撃を受けた米軍が壊滅状態に陥り、海口攻略はしばらくお預けに。一方、韓国では日本の掃海艇が攻撃されるなど、緊迫が続き——？

ISBN978-4-12-501403-6 C0293　980円

カバーイラスト　安田忠幸

覇権交代 6

民主の女神

大石英司

ついに陸将補に昇進し浮かれる土門の前にサプライズで現れたのは、なんとハワイで別れたはずの《潰し屋》デレク・キング陸軍中将。陵水基地へ戻る予定を変更し海口攻略を命じられるが……。

ISBN978-4-12-501406-7 C0293　980円

カバーイラスト　安田忠幸

覇権交代 7

ゲーム・チェンジャー

大石英司

“ゴースト”と名付けられた謎の戦闘機は、中国が開発した無人ステルス戦闘機“暗剣”だと判明した。未だにこの機体を墜とせない日米軍に、反撃手段はあるのか⁉

ISBN978-4-12-501407-4 C0293　980円

カバーイラスト　安田忠幸

覇権交代 8

香港ジレンマ

大石英司

これまでに無い兵器や情報を駆使する新時代の戦争は最終局面を迎えた。各国がそれぞれの思惑で動く中、中国軍の最後の反撃が水陸機動団長となった土門に迫る⁉　シリーズ完結。

ISBN978-4-12-501411-1 C0293　980円

カバーイラスト　安田忠幸

オルタナ日本　上

地球滅亡の危機

大石英司

中曽根内閣が憲法制定を成し遂げ、自衛隊は国軍へ昇格し、また日銀がバブル経済を軟着陸させ好景気のまま日本は発展する。だが、謎の感染症と「シンク」と呼ばれる現象で滅亡の危機が迫り？

ISBN978-4-12-501416-6 C0293　1000円　カバーイラスト　安田忠幸

オルタナ日本　下

日本存亡を賭けて

大石英司

シンクという物理現象と未知の感染症が地球を蝕む。だがその中、中国軍が、日本の誇る国際リニアコライダー「響」の占領を目論んで攻めてきた。土門康平陸軍中将らはそれを排除できるのか？

ISBN978-4-12-501417-3 C0293　1000円　カバーイラスト　安田忠幸

東シナ海開戦 1

香港陥落

大石英司

香港陥落後、中国の目は台湾に向けられた。そして事態は、台湾領・東沙島に五星紅旗を掲げたボートが侵入したことで動きはじめる！　大石英司の新シリーズ、不穏にスタート⁉

ISBN978-4-12-501420-3 C0293　1000円　カバーイラスト　安田忠幸

東シナ海開戦 2

戦狼外交

大石英司

東沙島への奇襲上陸を行った中国軍はこの島を占領するも、残る台湾軍に手を焼いていた。またこの時、上海へ向かい航海中の豪華客船内に凶悪なウイルスが持ち込まれ……⁉

ISBN978-4-12-501424-1 C0293　1000円　カバーイラスト　安田忠幸

表示価格には税を含みません